Verena Keil (Hrsg.)

Wunder im Doppelpack

Über die Herausgeberin

Verena Keil ist Lektorin bei Gerth Medien und hat bereits eine ganze Reihe erfolgreicher Geschichtensammlungen für junge Leute herausgegeben.

Verena Keil (Hrsg.)

Wunder im Doppelpack

Wahre Geschichten für Teens

GerthMedien

Inhalt

Vorwort

Wer nicht an Wunder glaubt, ist kein Realist.
David Ben-Gurion

Hast du dich schon mal gewundert? Über eine Sache, die besser ausging, als du erwartet hast? Über die Zwei in Mathe, obwohl du alles andere als ein Mathe-Genie bist? Oder über dein Notebook, das plötzlich wieder brav hochfährt, obwohl das Teil doch eben noch rumgezickt hat?

„Als Wunder gilt ein Ereignis, dessen Zustandekommen man sich nicht erklären kann, sodass es Verwunderung und Erstaunen auslöst“, heißt es in einer Definition.

Wunder sind etwas Geheimnisvolles. Oft weiß man nicht, wie sie zustande kommen und warum sie gerade jetzt passieren. Klar, viele Dinge kann man verstandesmäßig, wissenschaftlich oder mit dem „Zufallsprinzip“ erklären. Wer nicht an Wunder glauben will, findet immer irgendeine scheinbar „vernünftige“ Erklärung für ein Ereignis. Aber wer nicht an Wunder glaubt, ist kein Realist. Denn Wunder passieren. Auch heute noch! Weil Wunder etwas Göttliches sind. Gott hat Spaß daran, uns ins Staunen zu versetzen. Er selbst ist geheimnisvoll und unerklärlich, und so sind auch die Dinge, die er tut, oft unerklärlich und verwunderlich.

Das haben auch die Autoren erfahren, die für dieses Buch und ihr Erlebnis mit Gott aufgeschrieben haben.

Lydia zum Beispiel hat auf wundersame Weise erlebt, dass wider Erwarten genau der Betrag auf ihrem Konto eingegangen war, den sie dringend für das Bezahlen einer Rechnung benötigte.

Mandy hat erfahren, dass Gott auf krasse Weise und genau im richtigen Moment durch ihre Gedanken zu ihr gesprochen hat.

Katharina berichtet von einem Heilungswunder in einer schier ausweglosen Situation und Christian erzählt von Gottes genialer Versorgung auf einer 2000 Kilometer langen Fahrradtour.

Und du findest noch weitere wundersame Storys auf den nächsten Seiten: Geschichten über einen Engel auf Skiern; eine Lobpreis-CD, die einen Selbstmord verhindert hat; über ein Doppelwunder, das eine Hochzeit zur Folge hatte …

Ich wünsche dir viel Spaß beim Schmökern! Und dass du dein persönliches Wunder mit Gott erlebst – und wie Regina erfahren kannst: „Ich bin ein Königskind. Bedingungslos geliebt. Ich gehöre zur Familie Gottes. Und Gott möchte mich genau so gebrauchen, wie ich bin."

Verena Keil

Voll peinlich – oder doch nicht!?

Ich war gerade 16 geworden und total verliebt in Ben, den beliebtesten Jungen aus meiner Klasse. Der wusste davon natürlich nichts. Ich war viel zu schüchtern, um es ihm zu sagen. In diesem Jahr hatte ich auch besondere Probleme mit Mathe. Ob ich übte oder nicht, über eine schwache Vier kam ich nicht hinaus. Meine Eltern waren nach dem Auszug meiner großen Schwester im Januar auch irgendwie komisch, so unausgelastet. Die vermissten meine Schwester und klebten regelrecht an mir. War ja eigentlich ganz nett, aber wenn man mitten in der Pubertät steckt und irgendwie versucht, cool und beliebt zu sein, ist das echt peinlich. Wenn mich meine Mutter umarmte, sagte ich ihr meist, sie solle das lassen, ich sei ja kein Baby mehr. Manchmal erweckte ich den Eindruck, es nur grummelnd ertragen zu können. Tief in meinem Inneren genoss ich es aber genauso wie früher. Jeder will doch geliebt werden und es auch fühlen. Mit 16 fiel es mir aber sehr schwer, das zuzugeben. Ich wollte mich abgrenzen, erwachsen werden, einen Freund haben. Schwäche zu zeigen und ein Bedürfnis nach Nähe zu äußern, ging da gar nicht. Auch spürte ich Gott nicht mehr so, wie ich es als Kind noch vermocht hatte. Kurzum: Alles war blöd und peinlich. Klopapier kaufen zum Beispiel.

Na ja, wie auch immer. Jedenfalls gab es in unserer Kirchengemeinde kurz nach meinem 16. Geburtstag nach dem Gottesdienst wie immer noch Kaffee, und als sich die Reihen zu lichten begannen, sah ich, dass sich meine Eltern angeregt mit einem Ehepaar unterhielten. Die kannte ich gar nicht. Wahrscheinlich waren sie neu in der Gemeinde. Als wir später zu Hause waren, spürte ich, dass sich meine Eltern über irgendetwas Gedanken machten. Mich ließen sie ausnahmsweise in Ruhe. Gut so. Ich fragte nicht nach; ich war mit mir und meinen Problemen beschäftigt. Einige Tage später baten mich meine Eltern in Vaters Arbeitszimmer. Sie hätten mit mir etwas Wichtiges zu besprechen. *O Gott*, dachte ich. *Hoffentlich nicht wegen Mathe!*

Doch sie wollten etwas ganz anderes. Etwas wirklich vollkommen anderes. Sie erzählten mir von dem Ehepaar und dessen behindertem Kind; davon, dass meine Schwester aus dem Haus und ich auch schon recht selbstständig sei; von ihrem Wunsch, wieder für ein kleines Kind zu sorgen; einem bedürftigen, behinderten Kind ein Heim, eine Familie zu geben. Ein Pflegekind also, aber nur, wenn ich auch zustimmte. Es sollte die Entscheidung der ganzen Familie sein. Meine Schwester hatte schon Ja gesagt. Jetzt lag die Entscheidung also in meinen Händen.

Ein Geschwisterchen, noch dazu behindert – wollte ich das? Das Wort „peinlich“ müsste ganz neu definiert werden: Die Leute würden gucken, das Kind könnte mich bei Freunden blamieren, wir wären nicht mehr normal. Ich wäre nicht mehr normal, dabei war das, mitten in der Pubertät, doch mein größter Wunsch. Behindert. Das war in meiner Schule auch so ein Ausspruch, eine Beleidigung: „Der ist voll behindert!“, „Behindert, Alter“ und „Spasti“. Das sollte ich mir freiwillig antun? (Heute schäme ich mich für diesen Gedanken. Aber damals ...) Andererseits: Wenn ich an ein kleines Kind dachte, das irgendwo meinetwegen in einem Heim versauerte – das wollte ich auch nicht.

Ein Geschwisterchen, noch dazu behindert? Das Wort „peinlich" müsste ganz neu definiert werden.

Ich bat meine Eltern um Bedenkzeit und ging in mein Zimmer. Dort betete ich. Seit Langem mal wieder so richtig. Auch wenn ich keine Antwort im eigentlichen Sinne bekam, reifte doch in mir ein Entschluss: Ich wollte ein Geschwisterchen, auch ein behindertes. Aber ich hatte auch Angst. Angst vor den Reaktionen anderer Leute. Ich konnte das nicht ändern, auch wenn ich wusste, es war bescheuert – voll behindert, sozusagen. Also sagte ich meinen Eltern, ein Baby wäre okay.

Was wir dann nach ein paar Monaten bekamen, war kein Baby, sondern ein achtjähriger Junge mit

Downsyndrom. Und Windeln. Und er war auch nicht okay, sondern absolut perfekt. Der beste Bruder der Welt. Er war voller bedingungsloser Liebe für mich. Auch für meine Schwächen. Meine Noten waren ihm egal und vor ihm musste mir nichts, aber auch wirklich nichts, peinlich sein. Mit ihm konnte ich auch kuscheln, während mich die Pubertät fest im Griff hatte. Ich tat es ja für ihn … Das war dann ja was anderes.

Auch heute noch liebt und bewundert er mich und ich liebe und bewundere ihn. Es ist toll zu erleben, wie er sich von seinem Herzen durchs Leben leiten lässt. Jesus hat mal gesagt (Matthäus 25,40): „Was ihr für einen meiner geringsten Brüder getan habt, das habt ihr für mich getan!" Ich bin meinen Eltern dankbar, dass sie – diesem Leitsatz folgend – meinem Bruder ein Heim, eine Familie gegeben haben. Aber noch dankbarer bin ich meinem Bruder, der uns in sein Herz aufgenommen und mir damit so viel zurückgegeben hat: Denn wenn ich in seine strahlenden Augen blicke, dann sehe ich Gottes Liebe für mich in ihrer ganzen Schönheit. Er, der Behinderte, hat mich gerettet und mir geholfen, Gott neu zu entdecken und wieder intensiv zu spüren!

Und nicht nur das. Das Wort „peinlich" habe ich damals tatsächlich neu definiert. Mir ist so schnell nichts mehr peinlich, das ist viel zu anstrengend. Und so habe ich mich damals tatsächlich überwunden und Ben meine Liebe gestanden. Das hat sich gelohnt: Wir sind jetzt seit zwei Jahren verheiratet und stehen auf der Liste für ein behindertes Adoptiv- oder Pflegekind.

Sabine Richter ist Sonderpädagogin und Pflegemutter von zwei schwerbehinderten Kindern sowie Mutter eines leiblichen Sohnes.

Wie Gott zum Ringarzt wurde

Ich war 22 Jahre alt, Student und ein passionierter Sportler. Bis zu diesem Zeitpunkt hatte ich schon einiges ausprobiert: die üblichen Mannschaftssportarten, aber auch Klettern, Ringen, Bergsteigen, Leichtathletik. Beim Sport und auch danach fühlte ich mich lebendig. Es war das Größte, meinen Körper ans Limit zu bringen. Dabei konnte ich alles hinter mir lassen: Stress, Sorgen, Ängste, Erwartungen. Ich konnte alle Belastungen einfach wegbewegen. Ich fühlte mich stark, weil mein Körper es war. Manchmal fühlte ich mich sogar unantastbar – ein bisschen so, als wäre ich eine Maschine …

Als mich ein Freund eines Tages mit zum Boxtraining nahm, war ich sofort unheimlich begeistert! Das Training war sehr vielseitig, lang und intensiv – und nach ein paar Einheiten stieg ich schon für Trainingskämpfe in den Ring. Adrenalin pur! Der Sport hatte mich so richtig gepackt, sodass ich vieles andere in meinem Leben hintenanstellte. Mein Ziel war es, so schnell wie möglich ein super Boxer zu werden. Dafür trainierte ich auch außerhalb der „offiziellen" Zeiten. Ich ging joggen, machte Seilspring- und Schattenboxübungen und besuchte weiterhin das Training. Das volle Programm. Der Trainer ermutigte mich: Wenn ich so weitermachte, könne ich bereits in ein bis zwei Monaten meinen ersten Kampf haben!

Nebenher arbeitete ich in einem Getränkemarkt und schleppte Kisten. Ich war selten so fit wie in dieser Zeit. Aber eines Abends fielen ein besonders harter Arbeitstag und ein sehr intensives Training zusammen. Nach zweistündigem zermürbenden Boxen stand ich mit einem der Besten des Vereins im Ring. Er war so gut, dass er bereits nach zweijähriger Karriere in der Amateurklasse Probleme hatte, noch Gegner zu finden. Wir boxten ein paar Runden und ich schlug mich eher schlecht als recht. Aber das störte mich nicht, denn ich konnte unheimlich viel lernen. Als ich einen Aufwärtshaken mit dem rechten Arm schlug, spürte ich plötzlich einen starken Schmerz in der rechten Schulter, der sich rasend schnell in meinen Nacken, bis zur Hand und in die Seite ausbreitete. Ich versuchte weiterzumachen, weil ich zu stolz war, um aufzugeben. Doch mein Arm gehorchte mir nicht mehr und ich musste aufhören. Ich nahm mir vor, erst mal abzuwarten und nur dann einen Arzt aufzusuchen, wenn es nicht besser wurde.

Zu diesem Zeitpunkt, im September 2011, wusste ich noch nicht, dass nun eine lange und prägende Leidenszeit für mich begonnen hatte.

Das erste halbe Jahr nach der Verletzung verlief relativ normal. Ich bekam ein paar Physiotherapien verordnet und die Ärzte waren zuversichtlich, dass es bald besser werden würde. Ich tat die ganze Sache als Lappalie ab: Mein Körper war jung und die Selbstheilungskräfte nicht zu unterschätzen. Doch als sich der Zustand meiner rechten Schulter nach einem Dreivierteljahr immer weiter verschlechterte, wurde ich langsam misstrauisch. Auch meine Physiotherapeutin machte sich Sorgen. Hatten sich die Ärzte geirrt? War hier doch etwas passiert, was man mit bloßer Physiotherapie nicht kurieren konnte?

Jetzt verbrachte ich ganze Tage in Wartezimmern und Behandlungsräumen, beim Röntgen und in MRTs. Bald kannte ich alle aktuellen Zeitschriften im Wartezimmer meines Hausarztes. Auch die Orthopäden der Stadt waren mir geläufig. Doch trotz aller Bemühungen konnte mir kein Arzt sagen, warum meine Schulter so schmerzte. Es stellte sich ein tiefes Gefühl der Machtlosigkeit in mir ein. Mir fiel es immer schwerer, mich selbst zu akzeptieren. Schließlich war ich ein sehr auf Sport gepolter Mensch. Auch meine anderen Hobbys wie Gitarre spielen und Fotografie gingen nicht mehr.

Nach und nach konnte ich meinen Arm vor Schmerzen kaum noch bewegen. Er hing einfach wie ein an meinem Körper befestigter Stock herunter. Wenn ich ein T-Shirt anziehen wollte, musste ich es komplett aufrollen – mit dem linken Arm – um dann ganz vorsichtig meinen rechten Arm durchzuziehen, ohne ihn weit von meiner Seite wegzubewegen. Mein ganzes Leben veränderte sich. Die Uni forderte mich sehr heraus. Meine Freundschaften wurden einseitig. Auch die Beziehung zu meiner Freundin litt. Schließlich wurden Schlaf zum Luxus und meine Launen absolut unberechenbar. Ich begann mich zurückzuziehen. Da waren diese endlosen Schmerzen und das Bewusstsein, dass ich nichts dagegen tun konnte, denn die Schmerzmittel wirkten nicht immer und hatten Nebenwirkungen. Und nicht einmal die Ärzte wussten Rat. Langsam begannen Energie und Lebensfreude zu schwinden. Und vor allem mein Vertrauen auf Gott.

Der Glaube hatte immer eine wichtige Rolle in meinem Leben gespielt. Seit meinem siebten Lebensjahr war ich Teil einer Gemeinde und hatte dort ab meinem 14. Lebensjahr mitgearbeitet. In der Jugendgruppe, im Lobpreis, später auch in der Junge-Erwachsenen-Arbeit und im Gebetsteam. Ich hatte einiges mit Gott erlebt. Doch nie solch eine Krise. Meine Zweifel wurden stark und unerbittlich. Ich stellte Gott infrage, klagte ihn an, machte ihn für meine Situation verantwortlich. Es fiel mir schwer, in Gottesdiensten all die frommen Lieder zu singen und mich auf Predigten einzulassen. Es entsprach einfach nicht meinem Innersten. Denn in mir tobte ein Sturm aus Wut und Verzweiflung. Mein Glaubensleben wurde zur Achterbahnfahrt. Ohne Unterlass beteten Freunde und Bekannte für mich, doch irgendwie half das alles nichts. Zumindest glaubte ich das. Denn die erbetene Heilung kam nicht. Bis ich mehr und mehr begriff, dass Gott seinen eigenen Zeitplan hat. Dass er nach anderen Regeln spielt als ich. Dass er etwas in mir verändert – vor allem in dieser Zeit.

Das alles machte Gott mir nach und nach im Gebet bewusst – auch wenn dabei ein paar Wochen vergingen. Aber am wichtigsten war: Ich spürte, dass er mich nie allein ließ. Wo andere mir schon längst den Rücken gekehrt hätten, weil ich sie so ungerecht behandelt hatte, lief er treu neben mir her. Geduldig und mit unendlicher Liebe hörte er sich meine Wutausbrüche an, in denen ich mir über die gesamte Situation Luft verschaffte. Nur um dann wieder zu ihm zurückzukehren und mich weinend zu entschuldigen. Dann verspürte ich einen tiefen inneren Frieden, in dessen Gegenwart alles an Gewicht verlor, was mich sonst herunterzog.

> **Langsam begannen Energie und Lebensfreude zu schwinden. Und mein Vertrauen auf Gott.**

Nach einiger Zeit fand dann endlich ein Arzt die eigentliche Ursache meiner Schmerzen und ich wurde im März 2013 operiert. Offenbar war das eine Art Kompletterneuerung meiner Schulter – alle möglichen Sehnen und Muskeln wurden behandelt. Zwar verlief die Heilung daraufhin langsamer, aber das war normal. Schließlich hatte ich meinen Arm über mehr als ein Jahr nicht richtig benutzt und die Muskeln waren dementsprechend zurückgebildet. Er war buchstäblich nur noch Haut und Knochen.

Nach der Operation ging es langsam bergauf. Durch viel Physiotherapie und großartige Unterstützung meiner Familie und Freunde, meiner Freundin und nicht zuletzt von Gott kam ich nach und nach wieder auf einen grünen Zweig. Jeder kleine Fortschritt wurde zum riesigen Erfolgserlebnis. Wie ich mich freute, als ich mal wieder mit rechts eine Tasse halten konnte! Oder jemandem vernünftig die Hand schütteln! Oder meine Freundin in den Arm nehmen! All das war großartig!

Wenn ich auf diese Zeit zurückblicke, bin ich überwältigt. Und zwar von mehreren Sachen. Zum einen davon, was mir Gott in dieser Zeit gezeigt hat. Diese Erkenntnisse sind bittersüß. Da war zum Beispiel die Tatsache, dass ich vor der Verletzung versucht habe, meine Schwächen mit sportlichen Leistungen zu vertuschen. Dabei glaubte ich lange Zeit mehr an meinen eigentlich vergänglichen Körper als an Gott. Weil ich meinen Tag und meine Gedanken so sehr mit Sport, Ernährung und meinen Zielen ausfüllte, gab ich Gott wenig Raum in meinem Leben. Er klopfte an die Tür meiner Seele, doch ich machte ihm nicht auf. Bis ich eines Tages dazu gezwungen war. Er begann aufzuräumen – und was da zum Vorschein kam, war alles andere als schön. Er zeigte mir nun, dass es reicht, dass ich einfach nur hier bin. Mehr braucht es nicht, um wertvoll zu sein. Seine Liebe genügt. Sport hin oder her.

Musik hin oder her. Gute Leistungen in der Uni hin oder her. Denn er hat mir meinen Wert durch seinen Sohn bereits gegeben. Ich muss nichts weiter tun als zu *sein* und mich auf ihn zu stützen. Das fiel und fällt einem Menschen wie mir, der gern die Dinge selbst in die Hand nimmt, nicht leicht. Um all das zu begreifen, ließ Gott mich zur Ruhe kommen. Ich habe selten so viele geistliche Bücher gelesen wie in dieser Zeit. Dabei konnte ich abschalten, Zeit mit ihm verbringen und erfahren: Er kann in den Schwachen stark werden.

Zum anderen hat mich umgehauen, was die Menschen in meinem Umfeld in dieser Zeit geleistet haben – allen voran meine Freundin, aber auch meine WG, mein Hauskreis und meine Eltern. Sie haben meine Launen ertragen, mir immer wieder Mut gemacht und mich aufgepäppelt, wenn meine Hoffnung und mein Glauben mich im Stich ließen. Ich durfte somit erleben und erkennen, was es heißt, getragen zu werden. Und was es heißt, durch diese Gewissheit vor Gott ruhig zu werden. Mein Alltag, die Verpflichtungen und die Anforderungen, die mir von außen und von mir selbst gestellt wurden, waren einfach nicht mehr so wichtig.

Heute ist mein rechter Arm fast wie neu, und ich bin immer noch dankbar dafür, was Gott in mir bewirkt hat. Ich werde von ihm mit einer unglaublichen Lebensfreude beschenkt. Das hat vor allem den Grund, dass ich meine Gesundheit und mein Leben generell heute als Geschenk ansehe. Alles, was früher so normal und selbstverständlich war, wie zum Beispiel eine Kiste zu tragen oder Gitarre zu spielen, ist jetzt immer noch etwas Besonderes. Es sind ganz intensive Momente, denn ich habe gelernt, dass all das gar nicht selbstverständlich ist. Nun verstehe ich auch Menschen, die viel über ihre Gesundheit sprechen und darauf achtgeben. Ich habe einen kleinen Eindruck von Leid, Verzweiflung und körperlichen Schmerzen bekommen. Gott hat mein Herz weich gemacht. Ich musste in dieser Phase lernen, meine eigene Schwäche anzuerkennen und sie auch vor anderen zu zeigen; barmherziger mit mir selbst zu sein, um barmherziger mit anderen zu sein. Meine Beziehungen haben sich dadurch gefestigt.

Boxen werde ich wahrscheinlich nicht mehr. Durch die Verletzung haben sich meine Interessen verändert. Aber Gott hat sich als der Ringarzt meines Lebens erwiesen – und es gibt keinen besseren!

Moritz Gorny ist Student der Amerikanistik und lebt in Marburg. Gott ist sowohl Ringarzt als auch Trainer in seinem Leben.

Die offene Rechnung

Ich hatte Sommerferien und wusste einfach nicht, was ich mit der ganzen Zeit anstellen sollte, die mir plötzlich zur freien Verfügung stand. Alle meine Freunde waren in den Urlaub gefahren oder so gut wie auf dem Weg dahin. Bei mir war nichts geplant. Ich hatte mein weniges Taschengeld zwar gespart, aber es hatte einfach nicht geklappt, auf irgendeine Freizeit oder ein Camp mitzufahren. Dabei liebe ich es, Pläne zu machen und einen Plan zu haben! Meine Frustration war also echt groß. Und so hockte ich Tag für Tag zu Hause rum, wurde immer gereizter und ging meinen Eltern schon richtig auf die Nerven – bis an einem Wochenende ein Kumpel von mir seinen Geburtstag feierte.

Auf dieser Geburtstagsfeier traf ich eine alte Freundin, die nebenbei erwähnte, dass sie am Montag darauf mit zwei anderen zusammen in den Urlaub fahren würde: eine Autotour durch Österreich, Italien, Frankreich und Spanien. Oh, das hörte sich so toll an! Ich war richtig neidisch und fragte so zum Spaß, ob man denn nicht auch noch mitfahren könnte. Sie überlegte nicht lang und sagte: „Klar doch. Ich muss nur die anderen fragen." Da das schnell geklärt war, stand ich plötzlich vor einem Spontanurlaub.

Die Zeit, die wir unterwegs hatten, war einfach unglaublich genial! Ich erlebte so viele coole Sachen und entdeckte die Welt mit ganz neuen Augen, dass ich nach der Zeit gar nicht anders konnte, als Gott vollkommen dankbar zu sein und ihn als Schöpfer von allem zu bewundern: Ich sah zum ersten Mal die Alpen, bewunderte im Mittelmeer einen Seeigel, aß in einem italienischen Dorf mit großer italienischer Feier eine echte italienische Pizza, und einmal schenkte uns ein Typ, von dem wir dachten, dass er uns davonjagen wollte, eine frisch geerntete Melone. Tief beeindruckt stand ich vor den ganzen Erlebnissen und dachte nur: *Wie krass ist es doch, dass ich so eine coole Zeit erlebe und aus diesen zwei Wochen so viele Storys erzählen kann, die Das-erzähl-ich-mal-meinen-Enkelkindern-Charakter haben und von mir in keinster Weise geplant waren.* Ich beschloss, dass es nichts Größeres auf der Welt geben kann, als Gott in allen Punkten zu vertrauen und ihn machen zu lassen.

Aber wie das immer so ist, direkt nach einer tollen Freizeit oder einem coolen Event: Man ist so voller Glauben und tief beeindruckt von Gottes Größe, aber danach landet man wieder im Alltag und verliert aus dem Blick, was man für sich erkannt hat. So ging es mir zumindest.

Als ich die Stufen zur Bank hochging, wurde mir schlagartig klar: „Ich bin pleite!"

Ein paar Tage nachdem wir wieder zu Hause waren, sollte ich nämlich die offene Rechnung begleichen. Ich hatte für die Reise zwar einen bestimmten Betrag mitgenommen, um unterwegs die Kosten für Verpflegung und Sprit mittragen zu können, doch ich hatte mir noch etwas von meiner Freundin geborgt, da ich ja auch kleine Andenken kaufen wollte. Bislang waren meine Gedanken noch um den coolen Trip gekreist und ich war so erfüllt davon, dass ich mir um alles andere keine Gedanken gemacht hatte ... Als ich die Stufen zur Bank hochging, wurde mir schlagartig klar: „Ich bin pleite!“ Ich hatte mein ganzes Geld abgehoben und zu der Tour mitgenommen. Es war so gut wie nichts mehr auf dem Konto. Vielleicht noch sechs oder sieben Euro, aber ich musste 51 Euro und ein paar Zerquetschte zurückzahlen. Meine Eltern konnte ich nicht anpumpen, weil sie der Fahrt nur unter der Bedingung zugestimmt hatten, dass ich die Kosten allein tragen würde. Überziehen konnte ich mein Konto auch nicht. Ich stand da in der Bank, fühlte Panik in mir aufsteigen und dachte nur: *Scheiße*.

Es sah bestimmt voll komisch aus, wie ich da mitten im Raum stand und weder nach rechts zum Überweisen noch nach links zum Abheben und Einzahlen von Geld ging. Ich wusste: Sechs oder sieben Euro reichen einfach nicht aus! *Okay, Gottvertrauen und so*, dachte ich mir und betete innerlich: „So, Daddy, ich brauche jetzt zweiundfünfzig Euro, um sie überweisen zu können.“ Dann ging ich zu dem Kontoauszugsdrucker. Ich steckte meine Karte rein und wartete. Als dann der Auszug rauskam, stand da schwarz auf weiß: 52 Euro und zwei Cent plus! Schock. Unglaublich! Mir fielen fast die Augen aus! So etwas hatte ich noch nie erlebt. Ich stand in der Bank, starrte das Papier an und wusste nicht mehr, wo oben und unten ist …

Noch heute weiß ich nicht ganz genau, woher das Geld eigentlich kam. Es ist auch egal, weil es in diesem Augenblick auf meinem Konto war. Wäre es eher oder später drauf gewesen, hätte es für mich keine so große Bedeutung gehabt und wäre vielleicht sogar unbemerkt geblieben. Aber in diesem Moment war es Gottes Antwort auf mein Problem ohne Ausweg. Er schenkte mir keine Million, sondern auf den Punkt genau das, was ich brauchte. Und gerade darum hat sich mir diese Erfahrung für immer eingeprägt.

Lydia Brinnig lebt in Halle, liebt spontane Ausflüge und genießt es, sich von Gott immer wieder überraschen zu lassen.

Raus aus der Finsternis

Ich bin in Thüringen aufgewachsen. Erwähnenswert ist das wahrscheinlich, weil Deutschland nicht gleich Deutschland ist, was den Glauben betrifft. Im sogenannten Osten ist es normal, nicht an die Existenz Gottes zu glauben. Auch meine Familie hat da mitgezogen – daher waren wir alle Atheisten. Sinn des Lebens? Das war eine Tabu-Frage. Da uns auch niemand ernsthaft von einem Gott erzählte, lebten wir so dahin.

Ich war das „Sandwichkind“ zwischen meinem großen talentierten Bruder und meinem kleinen Bruder. Da kam schon mal schnell die Eifersucht hoch und Anschluss bei den Kindern im Kindergarten oder der Schule habe ich auch nicht richtig gefunden. Eine Freundschaft in der Grundschule habe ich zwar in Erinnerung, aber auch nicht in allzu guter, denn wir haben nicht zu knapp Mist gebaut. Ich war ein ziemlicher Einzelgänger.

Meine Jugend war ähnlich trostlos. Ich war der typische Nerd vor dem PC, der sein soziales Leben ins Internet verlagert hatte und sich die Finger beim Programmieren wund tippte. Ich brauchte nur mich, meine

„Freundin" Maggy – wie ich den Rechner auf meinem Schreibtisch liebevoll nannte – und meine Browserspiele. Zwei Psychologen haben sich erfolglos an mir die Zähne ausgebissen. Mich wieder in die Gesellschaft einzugliedern wollte einfach nicht funktionieren. Schon früh merkte ich, dass meine zwei Standbeine – gute Schulnoten und Erfolg im Internet – ziemlich unzuverlässig waren, denn zum einen schrieb ich nicht immer gute Noten und zum anderen erfüllten mich die schwankend wachsenden Zahlen in den Browserspielen einfach nicht! Es stellte sich eine Depression ein. Hinzu kamen Streitereien zwischen meinen Eltern und ein wachsender Hass auf meinen Vater, der mich noch mehr herunterzog.

Dann aber begann sich etwas in meiner Familie zu verändern: Mein großer Bruder erzählte auf einmal von Gott, von Jesus Christus, wie er ihn berührt und einmal auch echt krass bewahrt hat. Mein Bruder strahlte vor Freude und erzählte begeistert von einer Freikirche, die er durch einen Freund entdeckt hatte. Man sah, wie er sich positiv veränderte. Diese Begeisterung steckte dann auch irgendwann meine Mutter an – und auf einmal waren da zwei Christen in meiner Familie.

Ich persönlich ließ mich davon erst einmal nicht beeindrucken und verleugnete einfach alles, was mit Gott und Wundern zu tun hatte. Bald merkte ich, dass es bei mir nicht so weitergehen konnte, denn ich wurde zunehmend unglücklicher.

Als ich einmal meinen großen Bruder in Leipzig besuchte, schleifte er mich kurzerhand mit zu den Jesus Freaks. Dort spürte ich zum ersten Mal etwas Neues, Gutes, doch ich wehrte es ab. Weil ich eine andere Meinung hatte als die Leute um mich herum, kam ich mit ihnen natürlich ins Gespräch. Schließlich wollte ich sie über die Evolution aufklären und darüber, dass wir vom Affen abstammten. Meinen Lehrern nach zu urteilen war das die wahre Theorie. Zwar konnte ich den Evolutionsgedanken nicht erfolgreich verbreiten, aber ich entdeckte die Gemeinschaft mit Menschen für mich. Das wollte ich auch in Eisenach haben! Dumm war nur, dass ich in meiner Klasse als potenzieller Amokläufer gesehen wurde – wahrscheinlich wegen meines zurückgezogenen Verhaltens als Außenseiter und der Schimpferei über „die heutige Jugend". Da stand dann wohl erst einmal nur die Jugend der Freikirche meiner Mutter zur Wahl. Und dort war ich willkommen. Das bedeutete nun jeden Samstag christlichen Input. Ich dachte anfangs: *Christen sind doch alle dumm!* Aber irgendwie wurde ich vom Gegenteil überzeugt. Und selbst die Evolution bekam Kratzer und ich entdeckte Wissenschaftler, die auch an Gott glauben …

Doch bevor ich mehr darüber nachdenken konnte, verliebte ich mich. Ja, genau, dieses Verliebtheitsgefühl mit der rosa Brille und den tausend Schmetterlingen im Bauch. Meine Gefühle wurden aber nicht erwidert – und das gleich zwei Mal. Die Depression wurde wieder stärker und ich musste einsehen, dass Gesellschaft allein die innere Leere in mir nicht ausfüllen konnte.

Da war ich also an meinem Tiefpunkt angelangt. Der Liebeskummer hatte mich so sehr im Griff, dass ich eines Tages an Selbstmord dachte. Mein Zimmer befand sich in einem Turm, der hoch genug war, um zu hoffen, dass ich bei einem Sprung sterben würde. In dem Moment, als ich das Fenster öffnete, fiel mir eine Lobpreis-CD auf meinem Schreibtisch auf, die mir meine Mutter zuvor hingelegt hatte. Mit Musik zu sterben, das war für mich eine angenehmere Vorstellung. Also legte ich die CD ein – und konnte aber auf einmal nicht anders, als diese Lobgesänge an Gott einfach mitzusingen. Und dann geschah das Krasse, das mein ganzes Leben auf den Kopf stellte: Es wurde irgendwie heller, ein übernatürliches Licht umgab mich! Stück für Stück fühlte ich mich befreiter und meine depressive Grundstimmung wich einer übernatürlichen Liebe. Wow. Und dann spürte ich ihn mitten in meinem Zimmer stehen: Jesus!

Ich musste einsehen, dass Gesellschaft allein die innere Leere in mir nicht ausfüllen konnte.

Er war da, das wusste ich ganz sicher. Ich hätte ihm nicht die Hand schütteln können oder so, aber seine Anwesenheit hat mir klargemacht: Er ist für mich gestorben und wieder auferstanden! Die Bibel hat wirklich recht! Ich rannte zu meiner Mutter und sagte das erste Mal in meinem Leben: „Ich glaube an Jesus Christus.“ Ein Freudenfest! Es war echt ein starkes Erlebnis und mir wurde klar, dass da, wo ich mich selbst aufgegeben hatte, Gott mich nicht aufgegeben hat. Nein, er hat mich gefunden!

Danach versuchte der Teufel mich durch verschiedene Methoden von dieser Offenbarung wieder wegzulocken, doch das schaffte er nicht. Natürlich hatte ich noch offene Fragen, aber dieses Mal hörte ich in der Jugendstunde sowie bei meinem Pastor auch wirklich zu, denn nun hatte ich den Glauben. Ich las in der Bibel und übernahm auch Aufgaben in der Jugend. Schritt für Schritt hörte ich biblische Wahrheiten und nahm sie für mich an. Ich merkte, dass man im Glauben nie auslernt! In meinem Lernprozess erfuhr ich, dass es nicht ausreicht, so ein cooles Ereignis nur im Kopf zu behalten. Jesus wünscht sich auch Gemeinschaft mit mir und will in mein Leben einziehen. Das hieß für mich: ganze Sache mit Gott machen. Nicht zwischen tausend Wahrheiten hin- und herspringen, sondern Jesus als die Wahrheit anerkennen und anderen davon erzählen. Daraufhin übergab ich dann Jesus mein ganzes Leben und brachte all meinen Mist ans Kreuz.

Von da an startete das Leben erst wirklich! Weil Jesus mir vergeben hat, konnte ich unter anderem den Kleinkrieg zwischen meinem leiblichen Vater und mir beenden und Vergebung aussprechen. Ich machte tolle Gebetserfahrungen und konnte krankhafte Ängste, zum Beispiel vor Hunden, im Glauben überwinden. Ich konnte mich jetzt im Real Life zurechtfinden.

Seit ich Jesus kennengelernt habe, hat sich meine Lebensqualität total verändert! Ja, das Leben macht wieder Spaß! Ich kann auch Paulus voll zustimmen, der im Philipperbrief schreibt, dass sein Leben ohne Jesus Müll war und nichts so wertvoll ist, wie ihn als den „Herrn und Retter“ im Leben zu kennen. Ich habe die feste Zuversicht auf den Himmel, was unglaublich stark werden wird!

2014 ist jetzt schon mein zweites Jahr mit Gott und es ist gut. Ich bin dankbar für jeden Tag. Auch meine Beziehung zum Computer hat sich ganz witzig gewandelt: Ich studiere heute Informatik in Paderborn – nur mit dem Unterschied, dass nicht mehr der Computer mich steuert, sondern ich den Computer. Ohne Gott wäre ich bei dem anspruchsvollen Studium wahrscheinlich schon nicht mehr dabei. Aber mit ihm, anderen Christen an der Uni und in meiner Gemeinde, wo Jesus sogar meine Rückenschmerzen im Gottesdienst übernatürlich geheilt hat, ist das Studium zu schaffen und macht mir viel Spaß. Ist das nicht der Hammer?

Philipp Heinisch, voll von Lobpreis, liebt nun Jesus mehr als einen PC! Er freut sich über Reaktionen oder Fragen zu seiner Geschichte: philipp.heinisch@googlemail.com

Ich und heiraten?

„Also, beim besten Willen! Das kann ich mir nicht vorstellen. Ehe? Was für ein altes Wort! Ehe ist das, was ich von meinen Eltern kenne ... Ähm. Also, nee, danke! Das ist ja nun alles andere als harmonisch und romantisch! Außerdem: Ob ich da nun so einen Schein unterschreibe oder nicht – was soll das? Hat ja irgendwie was von ‚freiwillig lebenslänglich'. Und warum in aller Welt soll ich mich ein Leben lang an jemanden binden? Was hab ich denn davon? Nee, nicht mit mir!"

So denke ich lange. Bis ich im Dezember 2008 auf einer Geburtstagsparty eines gemeinsamen Freundes Karsten kennenlerne. Ist es Liebe auf den ersten Blick? Wahrscheinlich ja! Denn ich finde ihn sofort toll und er mich auch. Wir unterhalten uns gut und beim weihnachtlichen Wichteln gewinne ich sogar seine „Scream"-Maske (haha, wunderbar!). Kurze Zeit später treffen wir uns wieder, wir lernen uns besser und näher kennen und verlieben uns schnell.

Es ist eine sehr krasse und bewegende Zeit für mich, denn zu diesem Zeitpunkt habe ich einen Gehirntumor. Und die Chancen, dass ich wieder gesund werde, stehen eher schlecht. Ich muss täglich ins Krankenhaus und viele Bestrahlungseinheiten und eine

Chemotherapie überstehen. Zur Sicherheit habe ich in der Schublade meines Schreibtischs schon Abschiedsbriefe liegen, die ich an alle Menschen geschrieben habe, die mir etwas bedeuten. Denn wer weiß, wie schnell es einmal geht. Ich beschäftige mich oft mit dem Thema Sterben. Nicht weil ich mich damit abgefunden habe zu sterben, sondern weil ich drauf vorbereitet sein will.

Aber darauf, dass ich mich plötzlich volle Kanne verlieben könnte, bin ich nicht vorbereitet! Verliebt in Karsten, der sich dafür entscheidet, diese heftige Zeit mit mir gemeinsam durchzustehen. Es ist erst mal ungewohnt für mich, mein Leid und die Zeiten, in denen ich starke Schmerzen habe, zu teilen. Ja, ich habe Freunde. Gute Freunde sogar. Sie sind oft für mich da. Aber gerade abends, wenn sich alles legt und ruhig wird, dann war ich bisher allein. Doch jetzt ist Karsten oft da ... und das ist ungewohnt und schön! Dennoch sage ich ihm, dass meine erste Priorität ist, wieder gesund zu werden, und nicht unsere Beziehung. Er akzeptiert das. Ich bin beeindruckt von seiner Liebe! So schnell und so plötzlich und so intensiv.

Karsten wohnt knapp 40 Kilometer von meinem Wohnort entfernt. Als wir uns an einem besonderen Tag am Bahnhof treffen wollen und ich noch auf ihn warten muss, bummele ich zum Zeitvertreib ein bisschen durch die Läden. Und plötzlich ist es, als ob Gott mir sagt: „Mandy, kauf Ringe!“

„Hä? Bitte was?“ Ich bin Christ und mit Gott zu sprechen ist für mich ganz alltäglich. (Ich nehme Gott oft durch Gefühle, Begegnungen und Träume wahr oder ich höre ihn als innere Stimme. Klingt echt crazy. Wenn ich es selbst nicht erleben würde, würde ich auch denken: „Ist die ballaballa oder wie?“) Aber wie das manchmal so ist, nehme ich nicht ganz wahr, was ich höre. Vielleicht auch, weil ich es nicht hören möchte. Doch dann ist da wieder diese Stimme: „Mandy, kauf Ringe!“

Ich bin gerade in einem Ramschladen – und was sehe ich im nächsten Moment? Ringe! Na ja, sagen wir eher: Ringe knapp über Kaugummiautomatenniveau :-). Ich stecke sie zum Spaß an meinen Finger. Einer davon passt ganz gut. „Ringe kaufen?“, murmele ich vor mich hin. „Soll das jetzt eine Verlobung werden oder was?“ Ich lasse die Ringe, wo sie sind, und gehe aus dem Geschäft raus. Da habe ich plötzlich wieder ganz deutlich das Gefühl, dass Gott mir sagt: „Mandy, geh zurück und kauf die Ringe! Karsten ist das Wertvollste, was ich dir jemals anvertrauen werde!“

So ist das, wenn Gott anklopft.

Ich bin gerührt. Das ist eine der krassesten Gotteserfahrungen, die ich jemals in meinem Leben gemacht habe. Und auf einmal ist mir ganz klar, dass ich diese komischen Ringe kaufen soll. Ich gehe zurück in den Laden, probiere noch etwas herum und entscheide mich für einen Ring, der mir passt. Dann nehme ich noch einen etwas größeren Ring mit.

Sie sind nicht mal identisch und der große Ring sieht komisch aus. *Na ja*, denke ich, *wie auch immer das jetzt werden wird: Ich kaufe sie*. Eine Karte nehme ich auch noch mit.

Vor dem Laden setze ich mich hin und schreibe einige persönliche Zeilen für Karsten auf die Karte: dass ich dankbar bin, dass es ihn gibt, und dass ich ihn liebe und mein Leben mit ihm verbringen möchte.

Wow. Bin das wirklich ich?! Als er dann da ist, bin ich ziemlich durcheinander und aufgeregt, aber ich lasse mir nichts anmerken. Immer schön cool bleiben! Wir gehen zusammen auf eine Wiese mit Springbrunnen und setzen uns ans Wasser. Zuerst reden wir über dies und das, und dann fange ich doch leicht an zu stottern, als ich zur Sache kommen will: „Du, ich hab da was gekauft." Und ich denke mir: *Hoffentlich hält der dich jetzt nicht für total bekloppt, wir kennen uns gerade mal gute drei Monate!* Zitternd gebe ich ihm die Karte und die Ringe. Ich hab Bluthochdruck – und er lacht plötzlich! Er lacht? Er lacht! Dann kramt er herum und zieht zwei Schlüsselringe aus der Tasche! Nee, oder? Doch, tatsächlich!

„Ich hab mir viele Gedanken darüber gemacht", sagt Karsten, „wie das mit uns wohl weiterlaufen soll. Ich hab mich mit anderen Leuten darüber ausgetauscht und eine Entscheidung für mich getroffen. Danach kam mir der Gedanke mit den Ringen und ich wusste: Solange ich keine Ringe finde, kann ich nicht ruhig schlafen ..."

So ist das, wenn Gott anklopft. Und nun sitzen wir da. Mit vier Ringen!

* * *

Das war unsere Verlobung. Ein Jahr nach der Geburtstagsparty, am 23. Dezember 2009, haben wir dann geheiratet. Diese Ringe waren nicht besonders toll, schick oder teuer. Aber als Zeichen für das bedingungslose „Ja" zum anderen haben sie unsere Beziehung viel stärker verändert, als wir es uns jemals vorstellen konnten. Und der Trauschein ist nicht nur ein formeller Wisch. Es passiert viel mehr zwischen zwei Menschen, wenn sie heiraten. Das Vertrauen ist bei uns noch mal viel tiefer geworden.

Heute, nach fünf Jahren, weiß ich, dass Ehe ganz unterschiedlich aussehen kann. Die guten und die schlechten Zeiten gibt es wirklich. Doch jeder entscheidet mit, wie der gemeinsame Weg aussieht. Ehe bedeutet freiwillig lebenslänglich, ja. Aber Ehe muss nicht Knast bedeuten, sondern kann heißen, lebenslänglich ganz für jemanden da zu sein. Lebenslänglich bedingungslos geliebt und unterstützt zu werden! Meine Ehe ist liebevoller und vertrauter als die meiner Eltern. Es hat sich gelohnt, auf Gott zu hören, ihm zu vertrauen und diesen Schritt zu wagen!

Mandy lebt mit ihrem Mann Karsten in Berlin, ist Anfang 30 und mit Leib und Seele Bloggerin (www.gekreuzsiegt.de). Neben dem Schreiben macht sie gern Sport, verreist und fotografiert sehr gern.

Die wunderbare Pause

Ich bin christlich erzogen worden, und beten und Bibel lesen – das „musste“ gemacht werden. Aber ich war nicht mit dem Herzen dabei, ich konnte damit einfach nichts anfangen. Das änderte sich erst mit 13, als mir durch den Film „Die Passion Christi“ immer bewusster wurde, dass Christus uns alle durch seinen Tod am Kreuz erlöst hat. Ich fing an, viel mit Freunden und Mitschülern über Jesus zu sprechen, erstellte Homepages über den Glauben und über Gott und kaufte mir zum Weltjugendtag 2005 in Köln sogar einen limitierten Jesus-Rucksack. Ich stand zu meinem Glauben und in meiner Schule wussten alle Bescheid. Meine Mitschüler fingen dann an, sich über mich lustig zu machen und äußerten auch über Jesus ziemlich böse und gemeine Sachen. Dass sie mich verspotteten, war die eine Sache, aber dass sie auch noch Jesus anfeindeten und ihn hart beleidigten, das verletzte mich sehr!

Während sie irgendwelchen Bands und großen Hollywoodstars nachliefen und nacheiferten, war mein Ein und Alles nur Jesus. Das nervte die anderen so sehr, dass sie mich mal fragten, was denn Jesus so

Großartiges geleistet hätte. Er hatte immerhin keine Band und damit auch keine CD herausgebracht, er war kein Schauspieler und hatte damit auch keinen coolen Film vorzuzeigen. Ich konnte es nicht glauben. Was Jesus so Großartiges geleistet hatte? Das fragten sie noch? Mir fehlten die Worte.

Doch je mehr man mich beleidigte, desto stärker hielt ich an Gott fest. Ich betete mehr, las mehr in der Bibel – den ganzen Tag befasste ich mich mit Gott und suchte bei ihm Kraft und Halt. Er war damals der Einzige, der zu mir stand, der mich verstand und der mir helfen konnte. Ich war damals auch noch recht schüchtern, was das Mobbing nicht gerade besser erträglich machte, ganz im Gegenteil; ich zog mich umso mehr in mich selbst zurück und ließ vieles einfach über mich ergehen. Sogar die körperlichen Angriffe.

Dann, an einem Sonntagabend, hatte ich überhaupt keine Lust, am Montag wieder zur Schule zu gehen. Mich erwarteten Mitschüler, die meinen Glauben nicht akzeptieren wollten und mich beleidigten. Darüber hinaus lockten sieben Unterrichtsstunden mich auch nicht gerade. Ich stand da, sah aus meinem Zimmerfenster hinaus auf die dunkle Straße und dachte nach. Innerlich betete ich zu Gott. Er kannte meine Lage nur zu gut und wusste, dass ich aufgrund meines Glaubens in der Schule fertiggemacht wurde. Ich konnte nicht mehr, die Luft war raus. Sogar die Lehrer hatten mich auf dem Kieker.

Ich bat Gott, dass er ein Wunder geschehen lassen würde und dass am nächsten Tag die Schule ausfällt. Ich wusste zwar, dass es wahrscheinlich nicht passieren würde. Aber beten kostete nichts. „Bittet Gott, und er wird euch geben!", sagte Jesus (Matthäus 7,7). Das machte ich mir zunutze. Meine Kraft, jeden Tag aufs Neue all die Angriffe wegen meines Glaubens an Jesus auf mich zu nehmen, war in diesem Moment einfach nicht mehr vorhanden. Ich brauchte eine Pause. Ich hoffte inständig, dass Gott meine Bitte erhören und am Montag ein kleines Wunder für mich geschehen lassen würde.

So ging ich zu Bett und hatte Angst. Was würde passieren, wenn Gott meiner Bitte nicht nachkam? Wie würde ich den Tag überstehen? Natürlich sollte der Wille Gottes geschehen und nicht meiner. Vielleicht wollte er ja aus irgendeinem guten Grund, dass ich das alles durchlebe. Aber ich konnte einfach nicht mehr. Es zog und zerrte an mir, und ich drohte innerlich zu zerreißen – wie ein überdehnter Kaugummi.

Ich drohte innerlich zu zerreißen – wie ein überdehnter Kaugummi.

Als ich am nächsten Morgen an der Schule ankam, bat ich Gott erneut inständig um ein Wunder. Ich betrat das Schulgebäude und ging gespannt zum Vertretungsplan. – Nichts. Ich hatte bis dahin noch keinen meiner Mitschüler entdeckt. Dafür schauten mich andere gehässig von der Seite an. Ständig passierte mir so etwas. Manche zeigten sogar mit dem Finger auf mich und fingen an zu lachen.

Es war noch etwas Zeit bis zum Unterrichtsbeginn. Ich blieb geknickt im Eingangsbereich stehen und wartete. Doch dann kamen einige Mitschüler aus dem Lehrerzimmer und riefen, dass unsere Klasse die ersten vier Stunden freihätte! Ich war überrascht, aber dennoch irgendwie enttäuscht. Was brachte es mir, wenn ich in vier Stunden doch wiederkommen musste? O Gott, bitte nicht!

Einige andere aus meiner Klasse beklagten sich auch darüber und gingen zurück ins Lehrerzimmer, um mit dem Direktor zu sprechen. Wenige Minuten später kamen sie wieder heraus und riefen erfreut: „Wir haben komplett schulfrei bekommen!"

Ich war baff. War das wirklich wahr? Mir lief ein Schauer über den Rücken. Offenbar waren einige Lehrer erkrankt. Ich konnte es nicht glauben: Gott hatte ein Wunder bewirkt! Ich hatte wahrhaftig schulfrei!

Oft brauchte es Tage oder Wochen, bis Gott meine Gebete erhörte. Wenn er es überhaupt so tat, wie ich es mir erhoffte. Desto erfreuter und überraschter war ich nun, wie schnell das dieses Mal gegangen war. Wenige Stunden lagen zwischen meiner Bitte und ihrer Erfüllung. Er sah mein Leiden, meine Angst. Und er handelte wie ein liebender Vater, der seinem Kind Erholung schenkte. Wenigstens für einen einzigen Tag.

Ich hatte eine totale Gänsehaut und war einfach fassungslos, das war unbeschreiblich. Auf dem Heimweg strahlte ich über das ganze Gesicht und dankte Gott mit hüpfendem Herzen für das Wunder! Es war so ein wahnsinnig großer Stein, der mir vom Herzen fiel, so eine riesige Last, die ich zumindest für diesen einen Tag nicht mehr tragen brauchte. Ich fühlte mich leicht und frei und so geliebt. Die ganze Zeit hatte man mir nur gezeigt, wie sehr man mich hasste, verabscheute, wie wertlos ich war, wie unnötig für diese Welt. Und gerade mitten in diese Lieblosigkeit hinein warf jemand einen riesigen Batzen Liebe auf mich. Ich konnte es einfach nicht fassen!

Dann bemerkte ich noch mit Staunen, dass mich vom Schulgebäude an bis zu meinem Zuhause ein weißer Schmetterling begleitete. Er flog den ganzen Weg neben mir her und erst daheim angekommen flatterte er davon. Wer war dieser Schmetterling, der mich begleitete? Hatte Gott ihn mir geschickt, um mir zu zeigen, dass ich in all dem Leid nicht alleine war? Und um zu zeigen, dass er mir aus Liebe diesen freien tollen Tag bescherte?

Ob mir dieser unerwartete freie Erholungstag wirklich neue Kraft gab, weiß ich nicht mehr genau. Bestimmt. Zumindest ein wenig. Aber hier ging es nicht mehr nur darum, dass ich mal durchatmen konnte, sondern auch darum, dass Gott mir ein weiteres Mal bewiesen hat, dass er existiert, dass er da ist und dass er wirklich für mich sorgt. Man glaubt ja oft, dass Gott einen in schweren Zeiten vergisst oder einen einfach leiden lässt. Aber Gott hat mir bewiesen, dass er besonders auf geschundene Seelen hört und ihnen hilft, wenn sie zu ihm schreien.

Ich habe schon immer an Wunder geglaubt, doch dieses eine werde ich niemals vergessen. Es hat mir gezeigt, dass sie gerade dann passieren, wenn man es gar nicht erwartet und auch eigentlich nicht daran glaubt. Gott ist so unfassbar allmächtig und gut.

Mel Mae Schmidt liebt es, in ihrer Freizeit zu schreiben (www.melanieschmidtofficial.de.tl), zu lesen und sich intensiv mit Gott zu befassen.

Bye-Bye, Selbstmitleid

Meine beste Freundin und ich sind sehr begeisterungsfähige Menschen. Und zusammen können wir uns auch richtig schön in Dinge hineinsteigern. Seit wir 13 waren, begeistern wir uns für die Musik von TobyMac – er ist unser absoluter Lieblingskünstler. Deswegen war für uns schon immer klar: Sollte er mal in Deutschland auftreten, wären wir auf jeden Fall in der ersten Reihe mit dabei!

Nach etwa fünfjährigem Fan-Dasein war es dann so weit: Wir fanden heraus, dass TobyMac tatsächlich in Deutschland spielen würde, und das sogar ganz in unserer Nähe! Wie zu erwarten steigerten wir uns auch in dieses Ereignis – bzw. in die Vorfreude darauf – ziemlich hinein. Monatelang fieberten wir auf diesen Tag hin. Und als es dann so weit war, waren wir natürlich schon Stunden früher da. Schließlich wollten wir einen möglichst guten Platz ergattern. Allerdings mussten wir feststellen, dass der Bereich direkt vor der Bühne noch mit einem Gitter abgesperrt war. Da das aber genau der Bereich war, wo wir hinwollten, blieb uns nichts anderes übrig, als davor zu warten.

Nach ein paar Stunden bekam meine Freundin Hunger. Sie überredete mich, mit ihr die Konzerthalle doch noch mal zu verlassen, um etwas zu essen zu kaufen. Obwohl ich etwas skeptisch war, ging ich mit ihr mit. Dummerweise waren wir nicht die Einzigen, die auf die Idee gekommen waren, sich noch mal mit Essbarem einzudecken. Es war ein Riesengetümmel vor den Essensständen – und meine Freundin stürzte sich mittenrein. Ich wartete etwas abseits. Sie wollte sich nur einen Döner kaufen ... aber sie kam und kam nicht wieder! Ich schaute immer wieder auf die Uhr und wurde immer unruhiger. Wir waren jetzt schon wesentlich länger weg als geplant. Als sie dann endlich auftauchte, hetzten wir in die Halle zurück und stellten mit Schrecken fest: Der abgesperrte Bereich vor der Bühne war inzwischen geöffnet und voll mit Menschen! Wir quetschten uns bis zum Gitter hindurch, in der Hoffnung, auch noch in diese abgesperrte Zone eingelassen zu werden.

Doch wir wurden enttäuscht. Der Bereich war dicht. Wir kamen nicht mehr rein. Dass all unsere anderen Freunde, die in unseren Augen natürlich gar keine „richtigen" TobyMac-Fans waren, es in diesen Bereich geschafft hatten, machte die Sache nicht besser. Wir standen hinter dem Gitterzaun und ich konnte es nicht fassen: Monate, eigentlich sogar Jahre, freuten wir uns nun schon auf dieses Konzert! Und jetzt war alles, was wir uns ausgemalt und vorgestellt hatten, zunichtegemacht – durch so etwas Dämliches wie einen

Döner! Und wer war schuld? Meine beste Freundin natürlich. Schließlich hatte sie Hunger bekommen, mich zum Weggang überredet und ewig viel Zeit in der Essensschlange vergeudet! Dementsprechend war ich nicht nur enttäuscht über die Situation, sondern auch echt sauer auf meine Freundin.

Und jetzt war alles zunichtegemacht – durch so etwas Dämliches wie einen Döner!

Ihre Entschuldigungsversuche prallten an mir ab. Ich konnte an nichts anderes denken, als dass ich wünschte, ich könnte die Zeit rückgängig machen oder irgendwie dieses dumme Absperrgitter überwinden. Das war auch der ungefähre Inhalt meiner Gebete. Meine Weigerung, diese Realität so anzunehmen, wie sie war, hielt mich in dieser Situation völlig gefangen. Von den Vorbands bekam ich kaum etwas mit, weil ich im Selbstmitleid versank und mir absolut sicher war, dass der Abend nun gelaufen sei. Meine Gedanken kreisten um nichts anderes, auch körperlich war ich total angespannt und zwischen meiner Freundin und mir gab es eine dicke unsichtbare Mauer. Doch gegen Ende des Vorband-Konzertes wurde mir klar, dass der Abend tatsächlich gelaufen war, wenn ich ihn weiter in dieser Haltung verbringen würde. Und das wollte ich dann doch nicht …

Ich wusste aber auch, dass ich in dem Moment nicht in der Lage war, das aus mir selbst heraus zu ändern.

Ich fühlte mich tatsächlich gefangen in meiner enttäuschten, wütenden und verstockten Haltung. Der einzige Ausweg, der mir einfiel, hieß: Jesus. Also bat ich ihn um Hilfe dabei, aus diesem Teufelskreis der Gedanken herauszukommen und die innere Freiheit zu bekommen, den Abend so zu genießen, wie er war. Und ich betete dafür, meiner Freundin vergeben zu können.

Nach dem Gebet gab es keine 180-Grad-Wendung meiner Gefühle. Die negativen Emotionen waren nicht auf einmal alle verschwunden. Aber ich hatte doch plötzlich so etwas wie ein bisschen Frieden in meinem Herzen und innere Ruhe. Das half mir, die Umstände realistischer zu betrachten, dankbarer zu werden und auf meine Freundin zuzugehen. Anfangs habe ich während des TobyMac-Konzertes zwar noch gemerkt, wie mich die negativen Gedanken immer wieder vereinnahmen wollten, doch ich erinnerte mich an mein Gebet: Ich hatte Jesus all meinen Frust und meine Enttäuschung abgegeben und diese Gefühle hatten nun kein Recht mehr auf mich. Und irgendwann – ich habe keine Ahnung wann – spielten sie auch keine Rolle mehr. Ich konnte den Rest des Abends ohne ablenkende Gedanken voll und ganz genießen – zusammen mit meiner besten Freundin! Zu unserer Lieblingsmusik brüllten wir lauter und tanzten wilder als alle anderen um uns herum und waren einfach rundum glücklich. Ob vor oder hinter der Absperrung, das war egal: Der Abend hätte nicht besser sein können.

Von diesem Konzert bleibt mir zum einen die Erinnerung an einen großartigen, ausgelassenen Abend. Zum anderen nehme ich davon auch einiges für meine Zukunft mit: Ich habe gemerkt, wie oft ich mir das Leben selbst schwer mache. Ich glaube, ein Recht darauf zu haben, dass alles so läuft, wie ich mir das vorstelle. Und wenn es dann nicht so kommt, bin ich ganz schnell verstockt und beleidigt. Von Jesus erwarte ich dann, dass er die Umstände ändert – meinen Vorstellungen entsprechend natürlich. So wie ich bei dem Konzert zunächst von ihm erwartet hatte, dass wir noch irgendwie in den abgesperrten Bereich reinkommen. Denn ich war ja davon überzeugt, nur dann könne der Abend gut werden. Kennt das vielleicht noch jemand?

Doch letztlich habe ich Jesus dann erlaubt, mein Herz zu verändern. Das hat er gemacht. Und das hat mich befähigt, mit den gleichen Umständen anders umgehen zu können. Zu erleben, wie ich mich trotz nicht idealer Umstände freuen, das Leben annehmen und genießen kann, ist eine ganz andere Freiheit, als nur zu sehen, dass alles so läuft, wie ich mir das wünsche. Und das gilt ja nicht nur für Döner und Konzerte, sondern für so viele Bereiche des Lebens. So schnell bin ich in meinen eigenen Gedanken gefangen, drehe mich um mich selbst und mache Jesus höchstens Lösungsvorschläge, wie er die Umstände ändern könnte. Stattdessen sollte ich ihn an das Entscheidendste überhaupt ranlassen: mein Herz!

Julia Bothe singt TobyMac-Lieder immer noch gerne lauthals mit, am liebsten zusammen mit ihrer besten Freundin. Nach wie vor ist es für sie eine tägliche Herausforderung, Jesus ans Herz ranzulassen. Aber sie erlebt immer wieder, dass sich diese Überwindung lohnt.

Die Tour des Glaubens

Kurz vor Ende meines Zivildienstes in einem Altersheim für Holocaustüberlebende in Israel hatte ich ein Erlebnis, das mein Vertrauen auf Gott heftig herausforderte.

Mit fünf Freunden nutzte ich ein paar freie Tage, um das Land zu erkunden. Als wir eines Nachts in unseren Schlafsäcken auf einem Feld lagen und alle außer mir schon schliefen, vernahm ich das Geheul von Schakalen – zuerst von ferne, dann immer näher. In rund 20 Metern Entfernung blieb einer hinter einem Busch stehen. Mich packte die Angst. Auf der einen Seite dachte ich mir: *Ich vertraue Gott, dass er mich beschützt.* Auf der anderen Seite sagte mir mein Verstand: *Das könnte echt gefährlich werden! Wo soll denn da Hilfe herkommen?* Es ging immer hin und her – wie bei einer Wippe. Die ganze Nacht konnte ich kein Auge zutun. Jedes Mal, wenn mich die Müdigkeit zu überwältigen schien, fing der Schakal wieder an zu heulen und ich war hellwach. Das Tier bewegte sich nicht von der Stelle. Erst im Morgengrauen verschwand es wieder.

Dieses Erlebnis bewegte mich so sehr, dass ich beschloss: Ich muss lernen, mehr auf Gott zu vertrauen. Nur wie? Mir kam die Idee, den Rückweg von Israel nach Deutschland auf dem Fahrrad zu bestreiten. Ich informierte mich ausführlich über mögliche Routen und das Klima der Länder auf dem Weg. Ich bewegte den Plan im Herzen, redete mit meinen Eltern darüber und betete viel. Schnell stellte ich fest, dass es zu gefährlich wäre, direkt von Israel loszuradeln, da es beispielsweise im Libanon gerade Unruhen gab. So beschloss ich, zuerst noch ein befreundetes Ehepaar in Istanbul (Türkei) zu besuchen und von dort die Tour in Angriff zu nehmen. Ich wollte Gott nicht herausfordern, deshalb war es mir wichtig, alles zu prüfen. Bis zum geplanten Start der Reise ließ ich mir die Möglichkeit offen, das Ganze noch abzublasen, wenn ich das Gefühl bekommen sollte, dass es doch nicht richtig sei oder mir Steine in den Weg gelegt würden.

Doch alles klappte reibungslos: Zwei Wochen vor dem Start konnte ich sogar noch Bekannten, die mich in Israel besuchten, mein gesamtes Gepäck mitgeben. Dann flog ich in die Türkei. Das Wetter war mit 20 Grad perfekt und auch ein passendes Fahrrad fand ich in Istanbul. Ich hatte noch eine größere Summe Geld, die mir Leute bei einem Besuch in Israel geschenkt hatten. Dieses Geld reichte genau für das Fahrrad, das für die lange Tour geeignet schien.

Nun war ich blank. Doch ich hatte sowieso beschlossen, kein Bargeld mit auf die Reise zu nehmen – ganz im Vertrauen auf Gottes Versorgung. Für Notfälle hatte ich eine Kreditkarte dabei. Ansonsten bestand mein Gepäck nur aus Klamotten, einem Schlafsack, einer Trinkflasche und einem Säckchen voller kleiner Geschenke. Denn: Ich wollte mich auf meiner Tour nicht nur aushalten lassen, sondern den Menschen, denen ich begegnete, auch etwas geben. Diese Mitbringsel durften allerdings mein Reisegepäck nicht zu sehr beschweren, sie mussten für sich selbst sprechen, wenn die Verständigung einmal schwerfiel, und sie sollten das Anliegen meiner Reise widerspiegeln. Das passende Geschenk schienen mir kleine Muscheln zu sein, die ich in Israel am Strand gesammelt hatte. Sie waren das perfekte Bild: Wir Menschen sind so gering und doch so wertvoll in Gottes Augen. Und keiner gleicht dem anderen. Wir haben auch scharfe Kanten, aber wir sind perfekt geschaffen.

In der Nacht vor der Abfahrt gingen mir noch einmal viele Fragen und Zweifel durch den Kopf. War das wirklich das Richtige, was ich nun vorhatte? Ich legte noch einmal alles in Gottes Hände und startete am nächsten Morgen auf meine große „Mission". Mein Ziel war nicht, nach der Reise mit den 2000 Kilometern anzugeben, die ich mit dem Fahrrad zurückgelegt habe, sondern zu erzählen: „Schaut euch diesen mächtigen Gott an, dessen Worte wahr sind, wenn er in Lukas 12,24 sagt: ‚Seht euch die Raben an! Sie säen nichts und ernten nichts, sie haben keine Vorratskammern und keine Scheunen; aber Gott versorgt sie doch. Meint ihr nicht, dass ihr ihm viel wichtiger seid?'"

Als wir die Halle betraten, bot sich mir ein Bild wie in einem Mafiafilm.

Anfangs klingelte ich einfach an Haustüren und fragte nach einer Schlafmöglichkeit – bis einmal eine Frau an der Tür zu mir sagte: „Nein, ich bin verheiratet!“ Von da an suchte ich immer Orte auf, an denen ich mit den Menschen leichter ins Gespräch kommen konnte: Cafés, Imbisse, Restaurants. Mit ein bisschen Englisch, ein paar Vokabeln der Landessprache und vielfach mit Händen und Füßen klappte das auch überall! Es war genial zu erleben, wie mir die Leute halfen – nicht immer direkt, oft nach dem Motto: *Ich kann dir nicht helfen, aber ich kenne jemanden, der dir alles Nötige geben wird.* Und wenn ich dann von meiner Reise erzählte und meine Muscheln herausholte, sah ich vielfach in leuchtende Augen. Manche gestandene Männer waren sogar den Tränen nah.

Doch meine Reise hatte nicht nur Glücksmomente. Mehrfach kam ich an meine Grenzen – vor allem körperlich. Als ich losfuhr, dachte ich eigentlich, ich sei ziemlich sportlich. Doch schon am dritten Tag tat mir alles so weh, dass ich mich fragte: *Was mache ich eigentlich hier?* Am Abend dieses Tages erreichte ich ein einsames Dorf namens Malkara in einem Tal. Dort ging ich in einen kleinen Laden und ließ mich – ohne ein Wort zu sagen – in einen Stuhl fallen.

Der Verkäufer brachte mir sofort eine Tasse Tee. Ich versuchte ihm deutlich zu machen, dass ich keinerlei

Geld habe. Doch der Verkäufer nickte nur freundlich. Dann sah ich mich um und erblickte zwei Massagesessel. Da musste ich laut lachen, denn kurz zuvor hatte ich gebetet: „Herr, ich habe keine Kraft mehr, hilf mir doch aus dieser Situation heraus." Als der Verkäufer meinen Blick zu den Sesseln sah, ging er zur Kasse, holte etwas Geld heraus und startete das Massageprogramm. In dieser Situation wurde mir klar, dass Gott kein Ding unmöglich ist, um uns zu versorgen. Er hat mich nie auf einer rosa Wolke getragen, aber er gab mir immer wieder die nötige Kraft.

Von der Türkei wollte ich über Griechenland und den Balkan nach Italien weiterradeln. Doch dann hörte ich, dass es in Albanien gerade Ausschreitungen gab. Und weil ich Gott nicht auf die Probe stellen und mich nicht leichtfertig in Gefahr bringen wollte, nahm ich die Fähre nach Italien. In diesem Land erlebte ich den wohl härtesten Tag der ganzen Strecke: Der Gegenwind war so stark, dass ich auf gerader Strecke den kleinsten Gang benutzen musste. Am Abend kam ich in dem kleinen Dorf Zaponetta an und fand dort eine Pizzeria, vor der ich entkräftet Platz nahm.

Neben mir standen mehrere Männer und unterhielten sich. Einer von ihnen ging sogleich nach drinnen und bestellte mir auf seine Kosten Pizza und Cola. Der Mann stellte sich als Sergio vor und ich versuchte ihm meine Situation zu erklären – was nicht so einfach war, denn er sprach nur Italienisch. Doch er gab mir zu verstehen, dass ich mir um meine Übernachtung keine Sorgen machen bräuchte. Dann war Sergio auf einmal verschwunden. Nach einiger Zeit tauchte er mit seinem Auto wieder auf und winkte mir einzusteigen. Mein Fahrrad stand noch unabgeschlossen vor der Pizzeria und ich überlegte: *Soll ich wirklich zu ihm ins Auto steigen und das Rad hier so stehen lassen?* Doch ich wusste auch, würde ich es jetzt abschließen, gäbe ich damit den Leuten zu verstehen: *Ich vertraue euch nicht.* Schließlich stieg ich ein.

Wir fuhren aus dem Ort heraus und hielten vor einer Lagerhalle. Bei dem Anblick hatte ich ein ziemlich flaues Gefühl im Bauch, aber ich betete im Stillen und sagte mir: Gott ist bei mir. Als wir die Halle betraten, bot sich mir ein Bild wie in einem Mafiafilm. Dort standen drei Männer: Francesco trug eine Sonnenbrille (mitten im Winter!), Giovanni eine Bomberjacke und einen Pferdeschwanz und Michele war so ein kleiner Verschmitzter. Als ich mich umsah, sah ich lauter Strandliegestühle. Sergio hatte seine Freunde angerufen und gefragt, ob ich in ihrer Lagerhalle schlafen könne. Für die Nacht auf dem Liegestuhl gaben sie mir noch eine warme Jacke und Decken – dazu Frühstück für den nächsten Morgen. Dann fragten die Italiener mich über meine Reise aus und waren ziemlich bewegt von meinem Zeugnis.

Nachdem ich auch Italien durchradelt hatte, entschied ich mich, mit dem Zug über Österreich bis kurz hinter die deutsche Grenze zu fahren, da eine Überquerung der Alpen im Winter mit dem Fahrrad unmöglich gewesen wäre. Von Kempten aus ging es dann zurück in meinen Heimatort Duderstadt.

Auf der Reise habe ich gelernt, dass das Spannungsfeld zwischen dem Vertrauen auf Gott und dem Hören auf meinen Verstand in meinem Leben bestehen bleiben wird. Ich habe aber ganz neu erlebt, wie sehr es sich lohnt, Gott zu vertrauen. Er lässt uns nie fallen!

Christian Haupt gibt mittlerweile etwas anderes als Muscheln weiter: In seinem Traumberuf als Orthopädietechniker hilft er Menschen ohne Beine wieder auf die Beine, indem er ihnen Prothesen baut. Seine Geschichte ist zuerst erschienen in ideaSpektrum 14/2012; www.ideaSpektrum.de

Geh, wohin ich dich sende!

„Andreas, zu deiner Ordination als Pfarrer komme ich aber nicht!“, sagte mein kirchenkritischer Klassenlehrer bei der Zeugnisverleihung nach dem Abitur, obwohl wir beide wussten, dass ich auf jeden Fall Wirtschaft studieren und Lehrer werden würde. *Merkwürdig*, dachte ich. *Warum denkt er, dass ich Pfarrer werde?*

Ein paar Wochen später schrieb mir jemand zu einem Text, den ich verfasst hatte und damals auch sehr gut fand: „Das hört sich eher nach einer Predigt an.“ Das passte mir natürlich überhaupt nicht. Über diese Antwort hätte sich ein künftiger Pfarrer gefreut, aber ich doch nicht …

Schnell hatte ich diese beiden Erlebnisse wieder vergessen, denn Unsicherheit und Zweifel darüber, was nach der Schule kommt, gab es bei mir nicht. Schon seit Kindertagen war mir klar: Ich werde Lehrer. Ich will Wissen vermitteln, mit jungen Menschen arbeiten und Wegbegleiter sein. Warum manche Mitschüler noch nicht wussten, was sie nach dem Abitur machen sollten, konnte ich deshalb nicht nachvollziehen.

Also begann ich mein Wirtschaftsstudium, zu dem später noch Theologie als Nebenfach kommen sollte. Als Lehrer wollte ich die zukünftigen Generationen von Schülern für ethisches Handeln in der Wirtschaft und den christlichen Glauben begeistern. Eine gute Idee. Jedoch bemerkte ich relativ schnell, dass dieses Studium nicht das Richtige für mich war: Ich fühlte mich nicht wohl dabei. Meine Leistungen waren gut, aber das, was ich studierte, machte mir keine Freude. Ich spürte, dass meine Talente und Begabungen beim Aufstellen einer Bilanz oder Buchen von Geschäftsvorfällen nur unzureichend zum Einsatz kamen. Wo war denn nun der Platz, den Gott für mich vorgesehen hatte? Welchen Beruf sollte ich ergreifen?

Die Unsicherheit, wie es jetzt weitergehen sollte, wuchs. Das Studienfach wechseln, abbrechen, aufgeben? Ich war ziemlich durch den Wind und zweifelte – an Gott und an mir selbst. Ich war mir immer so sicher gewesen, dass ich Lehrer werden sollte. Und jetzt? Ich war auch auf Gott wütend, denn er reagierte auf meine Fragen nicht und ich konnte sein Schweigen nicht verstehen. Wo war dieser Gott, der versprochen hat, dass wir ihn in allen Belangen um Hilfe bitten können? Er hat uns doch zugesagt, dass wir mit allen unseren Sorgen zu ihm kommen dürfen. Warum handelte er nicht?

In diesen Momenten des Zweifels bewahrte mich der Vers 23 aus Psalm 73 (Luther): „Dennoch bleibe ich stets an dir." So kam ich Gott wieder näher. Intensiv las ich in der Bibel und erlebte, wie mein Selbstwertgefühl stärker wurde. Mehrere Gespräche mit einem befreundeten Theologen halfen mir dann zu erkennen, dass Gott dennoch ein Ziel für mich hat, auch wenn ich es zu dem Zeitpunkt noch nicht sehen konnte.

Wo war dieser Gott, der versprochen hat, dass wir ihn in allen Belangen um Hilfe bitten können?

Im März, zwei Monate, nachdem ich innerlich mit dem Wirtschaftsstudium abgeschlossen hatte, besuchte ich dann die ProChrist-Abende in Stuttgart und lauschte den kraftvollen Predigten von Ulrich Parzany. Ich spürte den Wunsch in mir, den Menschen von Gott zu erzählen, und zwar hauptberuflich – also Pfarrer zu werden. Ein verrückter Gedanke und nicht besonders realistisch! Theologie ja, aber ständig Beerdigungen halten, in einem Pfarrhaus leben und alle paar Jahre umziehen? Das konnte ich mir beim besten Willen nicht vorstellen. Den gedanklichen Durchbruch in meinen beruflichen Überlegungen hatte das also nicht gebracht. Wie lange sollte diese Phase der Neuorientierung oder eher der Orientierungslosigkeit noch andauern?

Als meine Eltern und ich den befreundeten Theologen ein paar Wochen danach besuchten, unterhielten wir uns lange Zeit über Alltägliches. Aber dann passierte etwas Merkwürdiges: Der sonst so stille, in sich ruhende Mann schlug auf den Tisch und sagte: „Andreas, ich glaube, ich muss jetzt mal deutlicher werden: Du bist talentiert. Mach das, was du kannst! Theologie, das ist doch dein Gebiet. Du kannst es schaffen. Geh nach Tübingen. Das wird dir guttun." So hatte ich ihn noch nie erlebt. Da betete ich lange um ein deutliches Zeichen und jetzt schlug er auf den Tisch! Das konnte kein Zufall sein, denn an Zufälle glaube ich nicht.

Aber nur aus einer Idee, einer Laune heraus wird man doch kein Pfarrer! Für diesen Beruf braucht man eine Berufung. Ein Ja von Gott, das gut sichtbar am Himmel geschrieben steht oder eine weiße Taube, die auf den Berufenen zufliegt. So stellte ich mir das zumindest vor. Da ich aber weder das Wunder am Himmel noch die Taube auf meiner Schulter sehen konnte, war ich der festen Überzeugung, dass Gott mich nicht berufen hatte.

Dennoch ließ mich dieser Gedanke nicht mehr los. Im Gespräch mit anderen Christen sagte ich, wenn sie mich auf meine Berufswahl ansprachen, mit einem Lächeln auf den Lippen: „Ich habe das Gefühl, dass das letzte Wort noch nicht gesprochen ist. Wer weiß, wohin Gott mich noch führt. Das wärs doch, am Ende werde ich doch noch Pfarrer …"

Inzwischen war es Ende Mai geworden. In einer Zeitschrift las ich von Schnuppertagen im Albrecht-Bengel-Haus in Tübingen. War das jetzt ein Fingerzeig Gottes?

Das Bengelhaus ist ein Studienhaus für Theologiestudenten – und viele Pfarrer, die ich kenne, haben dort gelebt. Das machte mir Mut und ich meldete mich dazu an. Kurz vor der Abreise nach Tübingen sagte eine Bekannte nach einem Gottesdienst zu mir: „Ach, Andreas, ich könnte mir gut vorstellen, dass du Pfarrer wirst." Diesen Satz ließ ich stehen, ohne zu antworten, dachte aber: *Wenn du wüsstest, wo ich heute noch hingehe!*

Die Zeit in Tübingen verging schnell. Zu meiner Überraschung fühlte ich mich total wohl dort. Neben mir waren noch neun andere junge Menschen bei den Schnuppertagen. Manche hatten schon ein abgeschlossenes Studium hinter sich, andere machten erst in diesem Jahr Abitur, waren auf einer Bibelschule oder kamen von einem FSJ aus Afrika zurück. Aber alle beschäftigte die Frage: Bin ich berufen, Theologie zu studieren? Vielleicht sogar Pfarrer oder Pfarrerin zu werden? Passend dazu zeigte uns ein Lehrer des Bengelhauses einen Film. Darin ging es um die Persönlichkeiten der Bibel und ihre verschiedenen Schwächen: „Noah war ein Säufer, Mose ein Mörder, Jeremia war zu jung, David beging Ehebruch und Lazarus war tot." Und Gott gebrauchte sie dennoch! Das machte Mut.

Die „äußere Berufung" gab es durchaus, also Menschen, die mir zutrauten, dass ich Theologie studieren kann. Aber die innere Gewissheit, die fehlte mir immer noch. Angeregt von dem Film über die biblischen

Persönlichkeiten blätterte ich zu Hause in meiner Bibel und blieb bei der Berufung des Jeremia hängen. Zwei Verse hatte ich bereits markiert, ein Vers dazwischen sprang mir regelrecht entgegen: „Doch der Herr entgegnete: ‚Sag nicht: Ich bin zu jung!' Zu allen Menschen, zu denen ich dich sende, sollst du gehen und ihnen alles verkünden, was ich dir sagen werde" (Jeremia 1,7).

Das war deutlich! Überwältigend. Selbst für mich verständlich. Mit einem Mal war alle Unklarheit beseitigt. Ich wusste, was zu tun war. Das war meine Berufung. Gott hatte mich beauftragt, Menschen von ihm zu erzählen. Da gab es jetzt kein Zurück mehr. Vor den Schnuppertagen hatte ich einige Christen eingeweiht und um Fürbitte gebeten: Auch sie hatten den Eindruck, dass Gott mich hier berufen hatte. Daran war jetzt nicht mehr zu rütteln. Ich dankte Gott auf Knien.

Dennoch gab es viele Fragen: Latein, Griechisch, Hebräisch – drei Sprachen, die ich alle noch lernen musste. Was war mit den Finanzen und würde ich überhaupt einen Platz im Bengelhaus bekommen? Dass der Weg bis dahin nicht einfach werden würde, war mir klar. Aber wer berufen ist, weiß, dass Gott für ihn sorgt. Darauf wollte ich mich verlassen. Außerdem hatte ich einmal gelesen: „Wen Gott beruft, den befähigt er auch." Das machte mir Mut – denn vor dem Studium stand auch noch ein Vorpraktikum an, das ich ab September ableisten musste. Es war Juli. Woher sollte ich so schnell einen Praktikumsplatz bekommen?

Das kann doch alles gar nicht funktionieren!, dachte ich. Aber vier Tage später hatte ich ein Vorstellungsgespräch und eine knappe Woche danach meinen Platz. Unglaublich? Ja, aber so ist Gott. Wenn er etwas vorhat, dann kann ihm selbst ein Mensch, der an seinem Timing zweifelt, nicht in die Quere kommen. Gott hat alles im Griff.

Ich habe in dieser Zeit gelernt, dass Gott oftmals anders wirkt, als ich denke – durch einen Bibelvers, ein Gespräch, ein Gebet. Das Reden Gottes muss nicht nur durch große und laute Wunder geschehen, es geschieht auch im ganz normalen Alltag. Ich habe erfahren, dass Plänemachen wichtig ist, aber manchmal lässt Gott meine Pläne scheitern, weil er etwas viel Größeres und Besseres bereithält. Und als mein Plan A – das Wirtschaftsstudium – nicht funktionierte, da hatte Gott immer noch einen Plan B in der Hinterhand.

Ich bin dankbar, dass Gott mich berufen hat und ich der schönsten Aufgabe nachkommen kann, die es auf der Erde gibt: von Gott und seiner Liebe zu erzählen. Und zu meiner Ordination in einigen Jahren werde ich auf jeden Fall meinen früheren Klassenlehrer einladen. Ich bin sicher, dass er kommt!

Andreas Schmierer studiert Theologie und will Pfarrer werden. Er ist gespannt, wohin Gott ihn noch senden wird.

Der Mann mit den weißen Haaren

„Ostsee, ich komme …“, jubelte es schon den ganzen Tag in meinem Kopf. Es waren Sommerferien und ich hatte schon alle Sachen gepackt, um in meine nordische Heimatstadt zu fahren, aus der wir als Familie vor Kurzem weggezogen waren. Mit meinen alten Klassenkameraden Geburtstage feiern, mit der besten Freundin schwimmen gehen, mich mit der Jugendgruppe zum Lagerfeuer am Strand treffen – ich liebte mein Ferienprogramm!

Aber einen Punkt der Liste wollte ich wenn möglich vermeiden: am Sonntag in die Kirche gehen. Was schwierig war. Denn an sich wollte ich sehr gern den Sommer mit Gott verbringen und eben auch in die Kirche gehen. Es war nur so: Ich hatte ein Problem mit der Gemeinde, in der ich aufgewachsen war. Oder eher mit einzelnen Männern aus der Leitungsriege. Na ja, um genau zu sein, mit einem besonders. Also lautete mein Vermeidungsziel eigentlich: dem Mann mit den weißen Haaren aus dem Weg gehen.

Das hätte in einer so großen Gemeinde eigentlich auch kein Problem sein dürfen. Schließlich hatte es in den letzten Jahren vor unserem Umzug auch ganz gut geklappt. Aber dann kam es, wie es kommen musste: Ich trieb an einem Sonntag nach dem Gottesdienst im Getümmel der Leute in eine Ecke des Kirchenvorraums, in der ein paar Freunde standen, und war einen kurzen Moment lang nicht auf der Hut, als er plötzlich in meinem Sichtfeld auftauchte.

„Hallo, Anne, wie schön, dich wiederzusehen …"

Das hörte ich noch, bevor etwas in mir klick machte. Alle Geräusche wurden dumpf, mein Umfeld verschwamm, und ich starrte wie gelähmt in dieses Gesicht, das ich einmal so geliebt hatte. Alle Gefühle, die ich sorgfältig in den letzten Jahren weggeräumt hatte – Zorn, Enttäuschung, Verachtung, Entsetzen, Trauer, Wut, Verwirrung, Ohnmacht und dieser atemlose Schmerz –, walzten mich nieder wie ein Bulldozer, der unerwartet aus seinem Versteck hervorbricht.

Ich drehte mich weg. Die Zeit hatte sich nicht ans Sprichwort gehalten. Sie hatte gar nichts geheilt. Denn wie auf Knopfdruck war alles wieder da, als hätte irgendwer mit der Rückwärtstaste meinen Lebensfilm an die entsprechende Stelle gespult, die ich so gern gelöscht hätte.

* * *

Es war ein Sonntag, ich war acht und hielt mich im Kirchenvorraum an der Hand meiner Mutter fest, die verzweifelt versuchte, mit ihm ein klärendes Gespräch zu führen. Irgendetwas stimmte nicht.

Wobei das an sich nicht neu war. Zu dieser Zeit stimmte eine Menge nicht. Mein Vater war als Pastor dieser Gemeinde unter Druck geraten. Das Wort Mobbing gab es damals noch nicht. Aber irgendwer hatte Misstrauen und Zweifel gesät und die Saat ging auf: haltlose wie boshafte Gerüchte, die die Runde machten, namenlose Drohbriefe per Post, verstohlene Blicke und verstummendes Getuschel, wenn wir als Familie oder auch einzeln auftauchten, sowie offene Beschimpfungen – das gab es alles. Sie bauten eine unsichtbare Mauer, die uns als Familie von der Gemeinschaft trennte, in der ich aufgewachsen war, und uns zu Außenseitern machte.

Meine Welt kippte. Liebe wurde zur Lüge, Verbundenheit nach Belieben verbogen, Freundschaft zu Feindseligkeit, offene Gespräche zur Gefahr. Menschen, die sich davon nicht vergiften ließen, wurden selten und kostbar. Als sich das Unheil weiter fortsetzte, gab es schließlich noch einen Menschen aus der Leitungsriege, der mit seiner Stimme das Ganze offiziell für haltlos hätte erklären können. Der in der Lage gewesen wäre, das Ruder herumzureißen, für Aussprache, Vergebung und Frieden einzutreten. Der Mann mit den weißen Haaren – unser Freund.

Und jetzt stand ich da, neben meiner Mutter, die um eine ehrliche Stellungnahme von ihm kämpfte. Doch es war wie verhext: Er blockte ab. Er wand sich. Er wich aus. Suchte Ausflüchte. Wie alle anderen, wenn wir direkt nachfragten. Aber er brauchte auch gar nichts mehr zu erklären. Ich hatte schon verstanden: Er hatte die Seiten gewechselt. Alles in mir tobte und schrie. Aber das änderte nichts. Er, der in meiner kleinen Welt bis dahin noch einer der Letzten gewesen war, bei denen ich mich sicher fühlen konnte, dem meine Kinderseele geglaubt hatte, der mein Konzept von Freundschaft und Treue mitgeprägt hatte, ausgerechnet er war es. Mein Vertrauter, der Verräter.

Diese Erkenntnis schnitt in mein Herz und es rutschte wie abgestochen aus mir heraus. Vertrauen, Achtung, mein Glaube an die Glaubwürdigkeit von Christen und mein bisheriges Sicherheitsgefühl verbluteten vor seinen Füßen.

* * *

„O Gott, bitte hilf mir, ihm zu vergeben …“ Keine Ahnung, wie oft ich diesen Satz in den Jahren, die darauf folgten, in den Himmel schickte. Und das nicht nur, weil ich als halbwegs braves Mädchen mit christlicher Erziehung wusste, dass ich das sollte. Schließlich kannte ich die entsprechende Bibelstelle aus Matthäus 18,21–22: „Da fragte Petrus: ‚Herr, wie oft muss ich meinem Bruder vergeben, wenn er mir Unrecht tut? Ist siebenmal denn nicht genug?‘ ‚Nein‘, antwortete Jesus.

‚Nicht nur siebenmal, sondern siebzig mal siebenmal.'" Ich tat das sogar freiwillig. Denn wenn ich mich stattdessen abends unter meine Bettdecke verkroch und mir wüste Beschimpfungen und Racheszenarien für ihn ausdachte, um meiner Seele Erleichterung zu verschaffen, merkte ich jedes Mal: Das half überhaupt nicht. Es linderte den Schmerz nicht. Es vergrößerte ihn nur. Ich war die, die noch mehr litt.

Jesus hatte also wieder mal recht. Rache war nicht gut. Vergebung war der Weg. Und da er sowieso einer der wenigen war, denen ich überhaupt noch glaubte, versuchte ich mich tapfer im Vergeben. Jahrelang. Schließlich wollte ich den Schmerz loswerden und normal weiterleben können. Aber jetzt – es hatte offensichtlich nicht funktioniert. Mittlerweile war ich doppelt so alt, und nach all den Jahren versetzte diese kurze Begegnung mein Inneres in einen Kriegszustand. Ich suchte mir einen Weg nach draußen. In meinem Kopf rotierte es: *Dabei hatte ich gedacht, ich wäre drüber hinweg! Von wegen! Und jetzt? Hat Jesus sich mit seiner Vergebungsidee vielleicht doch geirrt? Oder ist es Gott womöglich doch egal, dass mich diese zerstörenden Gefühle nicht in Ruhe lassen? Wird diese Verletzung sich für den Rest meines Lebens wie ein Schatten an mich hängen und mein Leben dunkel und schwer machen?*

Irgendwie war ich in den vergangenen Jahren immer davon ausgegangen, dass sich mit meinen Bemühungen, dem Mann mit den weißen Haaren zu vergeben, auch automatisch die Qualen meiner Gefühlswelt auflösen würden. Ich war entschlossen gewesen, alles richtig zu machen nach einer Zeit, in der so viel falsch gelaufen war. Also hatte ich jedes Mal all meine Willenskraft zusammengekratzt, um die Rachegeister, die immer wieder zurückkommen wollten, zu verscheuchen, und mit zusammengebissenen Zähnen den Schmerz beiseitegeschoben, damit er mich nicht lähmte.

Doch die Erkenntnis beim Blick in sein Gesicht war: Wille zur Vergebung alleine heilt den Schmerz nicht. Und Zeit auch nicht. Ich brauchte etwas anderes.

* * *

Nach diesen und noch ein paar weiteren Sommerferien wusste ich, dass ich etwas Entscheidendes bei meinem Überlebensversuch übersehen hatte: Jesus hatte für meinen Schmerz eine ganz eigene Lösung. Er wollte ihn heilen!

Verse wie der aus Jeremia 30,17 waren bis dahin irgendwie an mir vorbeigezogen: „Aber zu dir sage ich, der Herr: Ich will dich wieder gesund machen und deine Wunden heilen, auch wenn deine Feinde meinen, du seist von mir verstoßen worden …“ Als diese alte Wahrheit wie neu in mein Herz plumpste, wollte ich ganz laut „Hurra!“ schreien. Doch dann fiel mir ein, dass ich gar keine Ahnung hatte, wie das denn konkret geschehen würde. Musste ich dafür irgendwas tun?

War ja eigentlich sein Business. Aber wenn ich nix zu tun brauchte – wieso hatte er das nicht schon längst in Eigenregie erledigt? Worauf wartete er denn noch?

Die Zeit hatte sich nicht ans Sprichwort gehalten. Sie hatte gar nichts geheilt.

Als ich diesen Gedanken in mir zuhörte, erinnerte ich mich an etwas, das mir mal ein weiser Mensch gesagt hatte: „Jesus ist ein Gentleman. Er tut nichts ohne dein Einverständnis." Mir dämmerte, dass ich ihm den Schmerz wohl noch mal ganz bewusst zeigen musste, anstatt ihn immer zur Seite zu schieben und zu hoffen, dass er sich per Ferndiagnose drum kümmerte. Wenn Jesus der war, der mich gesund machen wollte, dann interessierte ihn sehr wahrscheinlich meine Wunde aus nächster Nähe. Dann würde er Fragen stellen, wie was passiert war und wo genau es besonders wehtat und ob ich davon sonst noch irgendwelche anderen Beschwerden hätte. Doch ich war wie jemand gewesen, der eine beachtliche Verletzung hat, aber vom Arzt nicht untersucht werden will. Weil er Angst hat, dass es wehtun könnte oder dass es viel schlimmer ist, als er eh schon befürchtet. So wollte ich zwar geheilt werden, war aber nicht zur Untersuchung gegangen.

Also holte ich das nach. Ich suchte mir einen vertrauenswürdigen Menschen als Rückhalt und ließ dem Bulldozer in mir freien Lauf: „Er hat mein Grundvertrauen zerstört … Er hat mir das Gefühl gegeben, wertlos zu sein … Ich hasse ihn … Ich liebe ihn … Wie konnte er das nur tun …? Er hat mir meine Unbeschwertheit gestohlen … und meine Kindheit beendet … Ich will zurück in die Sicherheit … und meinen Glauben an das Gute wiederhaben … Wie soll ich wieder vorbehaltlos vertrauen können? Er war für mich wie ein Schutzbunker … und er hat ihn hochgehen lassen … Ich vermisse ihn so … Ich will, dass das alles ungeschehen gemacht wird …"

Und auf einmal war die Welt wieder in Ordnung. Aller Schmerz war wie weggeblasen und alle Erinnerungen gelöscht. Ich war frei!

Quatsch.

Das dauerte. Es war ein langer Prozess. Meine Erfahrung ist, dass Gott überhaupt nicht unter Zeitdruck steht. Wenn er etwas tut, dann macht er das gründlich. Er heilte nach und nach einzelne Teile meiner Trauer und Wut und Enttäuschung und die anderen Monster. Indem ich meinen Schmerz nicht wegräumte, sondern Gott zeigte, erlebte ich, dass er mit mir leidet, dass sein Verstehen tröstlich ist, dass er mein ultimativer Schutzbunker sein und meine Bedürfnisse stillen will, wenn Menschen, denen ich vertraut habe, versagen. Und dass im Vertrauen auf ihn meine einzige wirklich sichere Sicherheit liegt. Jedes Mal, wenn ich damit zu Gott ging, war es, als würde seine schützende Gegenwart in mich hineinlaufen und damit alle festgetrockneten schmerzhaften Erinnerungen an die Oberfläche schwemmen, sodass die Tiefen meiner Seele, in die der Verrat geschnitten hatte, mit der Zeit sauber und frei wurden, um endlich verheilen zu können.

Trotzdem wünschte ich mir in dieser Zeit oft eine schnellere Lösung. Als die Erinnerungen einmal wieder hochkamen und dieser höllische Schmerz immer noch nicht richtig weg war, maulte ich im Stillen, wie viele dieser „Arzttermine“ ich eigentlich noch bräuchte. Präzise Zeitangaben waren offenbar noch nicht so Gottes Lieblingsthema. Vielleicht ... so siebzigmal siebenmal, also unendlich?, mutmaßte ich. So wie bei der Sache mit der Vergebung? Na, großartige Aussichten. Aber dann war es, als mischte sich jemand in meinen Kopfdialog und raunte mir zu: „Ja, ganz genau. Eben einfach so lange, bis es nicht mehr wehtut ...“

Dieser Satz zuckte durch mein Herz wie ein Blitz, der alles taghell machte. Natürlich! Jesu Aufforderung, anderen unendlich oft zu vergeben, war nicht nur der Weg zu mehr Frieden, sondern auch zur Heilung der entstandenen Wunde. Denn jedes Mal, wenn die Erinnerung hochkam und den Schmerz mitbrachte, war meine Entscheidung, nicht nach Vergeltung zu suchen, auch meine Chance, ihm meine Verletzung hinzuhalten – die ich lange nicht genutzt hatte. Sehr wahrscheinlich wusste Jesus, dass manche Dinge so unendlich wehtun, dass man sich unendlich oft gegen Rachegedanken entscheiden muss. Und er ist mehr als bereit, die eine Wunde ebenso unendlich oft zu versorgen, bis sie geheilt ist. Heilung und Vergebung gehören untrennbar zusammen. Es war, als hätte Gott mir ein fehlendes Puzzleteil meiner Vergangenheit geschenkt.

* * *

Die Welt stand still, als ich irgendwann wieder dem Mann mit den weißen Haaren begegnete. Ich horchte in mich hinein. Manche Menschen glauben, wer vergibt, vergisst auch. Vielleicht gilt das, wenn man gesagt bekommt, man wäre eine blöde Kuh. Aber sonst … Ich wusste schon genau, wer da gerade vor mir stand. Und ich musste es auch nicht kleinreden. Seine Schuld an mir war so groß, dass jemand dafür mit dem Tod bezahlt hat. Meine Vergebung hatte er nicht verdient. Aber so ist das mit der Vergebung. Sie ist immer unverdient und ungerecht (auch dann, wenn ich selbst darauf angewiesen bin). Sie redet nichts schön. Und sie ist auch keine versöhnliche Stimmung, sondern eine Entscheidung, die ich treffe. Nicht aus Liebe zum anderen, sondern aus Liebe zu mir selbst. Weil es mir guttut, mich nicht von dunklen Gefühlen gefangen halten zu lassen. Um den anderen und seine Schuld kümmert sich dann schon Gott. All das stand mir deutlich vor Augen.

Aber ich konnte noch etwas anderes sehen: Er hat mich geformt wie kaum ein anderer Mensch in meinem

Leben. Sein Verrat hat in mir eine Treue wachsen lassen, als wäre sie in Beton gegossen. Unstimmigkeiten spreche ich direkt an. Falsche Motive rieche ich sieben Meilen gegen den Wind. Ich habe Gott auf eine so direkte, persönliche und praktische Art kennengelernt, die mich für immer trägt, wenn das Leben schrecklich zu mir ist. Weil ich weiß, wo ich sicher bin. Das ist ein unermesslicher Schatz.

Ich horchte noch einmal in mich hinein. Nein, es spielte tatsächlich keine Rolle mehr, was gewesen war. Und ich lächelte ihn an, weil ich zum ersten Mal merkte: Es tut nicht mehr weh …

Anne Kulenkamp weiß manchmal gar nicht wohin mit ihrer Dankbarkeit, weil sie zusammen mit ihren Geschwistern und Eltern erlebt hat, dass Jesus (früher oder später) alles neu macht, wenn man ihn lässt.

Berufen zum Schreiben

Ich muss 15 gewesen sein, da war ich äußerst unzufrieden. Mein Leben lief nicht so, wie ich mir das vorgestellt und gewünscht hatte. Mein frommer Lebenslauf war zwar vollständig (ich hatte die Sonntagsschule durchlaufen, christliche Freizeiten besucht und spielte mit dem Gedanken, mich taufen zu lassen), aber das „Leben in Fülle“, von dem ich in so mancher Predigt gehört hatte, hatte ich noch nicht kennengelernt: Ich suchte tiefe Lebensfreude, ein großes Abenteuer und eine Liebesgeschichte, die es wert wäre, erzählt zu werden.

Mit meinen vielen Fragen an das Leben lief ich zu Gott, aber ich schien keine Antwort zu bekommen. Also versuchte ich es mit christlicher Jugendliteratur. Ich ging in den nächsten christlichen Buchladen und kaufte mir entsprechende Bücher. Über Beziehung, erfülltes Leben, Sex und wie man ein „echter“ Mann wird. Leider warfen viele Bücher mehr Fragen auf, als sie zu beantworten schienen, und der entmutigende Schreibstil mancher Autoren machte es mir auch nicht gerade leicht.

In meinem Frust sagte ich mir, dass ich irgendwann selbst mal ein hoffentlich besseres Jugendbuch schreiben würde. Eins, das man als Teenager gern lesen würde. Dann, wenn ich später mal selbst was zu sagen hätte, wenn ich selbst Antworten gefunden hätte. Ich weiß noch, wie ich in meinem Zimmer auf dem Boden saß und meine Idee mit Gott besprach. Er sagte kein Wort. Aber wie sich später rausstellte, hörte er dafür umso besser zu. Und auch wenn ich nicht den Eindruck hatte, dass er irgendetwas zu der Sache äußern würde, spürte ich etwas: ein inneres Drängen, mit meinem Buch zu beginnen.

Doch ich war als guter Deutscher skeptisch und vorsichtig. Und außerdem, wie sollte ich mit 15 einen Jugendratgeber schreiben? Ich, der ich selbst noch auf Spurensuche nach meiner Berufung, meinem konkreten Lebenssinn, meiner Freundin und einem erfüllten Leben war? Mein fehlendes Selbstbewusstsein tat ein Übriges, und so versuchte ich die Geschichte Geschichte sein zu lassen.

Aber es war zu spät. Gott hatte bereits mit der Planung begonnen.

Wann immer mir bei einem Jugendgottesdienst, einer Onlinepredigt oder in einem Buch das Wort „Berufung“ begegnete, musste ich an mein Buchprojekt denken. Wenn ich dann Gott fragte: „Hey, Gott, ist das von dir? Das ist doch verrückt!“, bekam ich weiterhin keine Antwort. Ich habe nie mit meinen Ohren Gottes

Stimme gehört, aber dafür hat er in „Bildern" zu mir geredet. Ich sah vor meinem inneren Auge öfters ein Buch und merkte dann irgendwann, Gott zeigt mir: Das ist mein fertiges Buch. Das passierte immer und immer wieder, bis ich mich nicht mehr scheute, meinen Freunden und Eltern von meinem Auftrag zu erzählen. Nur hatte ich immer noch keine Ahnung, wie um alles in der Welt man ein Buch schreibt! Und ich hatte mir vorgenommen, kein dünnes Heftchen zu schreiben, sondern was Handfestes. Mit verschiedenen Themen, die Teenager wirklich interessieren, auf eine ermutigende, positive Art. Und mit dem grundlegenden Wissen, das man braucht, um ein gutes Leben haben zu können, mit Infos, die einem weder die Schule noch die Eltern vermitteln. Und die man oft auch nicht von seinem Jugendpastor hört. Warum hat mir zum Beispiel niemand gesagt, dass meine Gedanken und Worte mein Leben mehr beeinflussen als äußere Umstände? Dass ich lernen kann, meine Gedanken zu kontrollieren – und wie ich das konkret mache?

Ich sagte Gott unverblümt, dass ich seinen Auftrag scheiße fände und er sich bitte einen anderen Idioten dafür suchen solle.

Ich sammelte viele Informationen, forschte in meiner Bibel und las Bücher. Ich wusste, wenn ich ein gutes Buch schreiben will, muss ich zuvor gute Bücher gelesen haben. Man braucht einfach jemanden, der das, was man vorhat, schon mal gemacht hat und der einen inspirieren kann. Nicht nur um meinen katastrophalen Schreibstil zu verbessern, den ich mir in der Schule angewöhnt hatte. (Ich dachte irgendwie immer, je komplizierter und verschachtelter ein Satz ist, desto besser. Ich musste erst Abitur machen und ein Schreibseminar besuchen, um zu kapieren, dass es sich eher genau andersherum verhält.)

Selbst wenn ich wollte, könnte ich nicht all die Momente und Wochen zählen, in denen ich niedergeschlagen war. Ich dachte: *Wenn je ein Mensch mit einer „Berufung" überfordert war, dann bin ich das!*

Jahr um Jahr verstrich und ich nahm mir immer vor: „Dieses Jahr schreibe ich mein Buch fertig." Ich wurde 18, 19, 20 und schließlich 22 Jahre alt. Ich wusste: Ich soll und will, aber ich kann nicht. Ich scheiterte so oft an fehlender Disziplin, einem Gefühl von Machtlosigkeit und dem Gedanken, das sei alles unbedeutend. Mich bestürmten so oft Gedanken, die mir einreden wollten, mein Buch würde niemand lesen. Ich würde sowieso keinen Verlag finden, ich hätte Gottes Stimme missverstanden oder mir die Sache nur selbst eingeredet …

Ich war oft drauf und dran, alles über Bord zu werfen. Und in einer schönen lauen Sommernacht 2012 machte ich dann auch genau das: Mir platzte der Kragen. Ich saß in meiner Studentenbude in Schwerte und flippte aus. Die Bürde war zu schwer. Ich sagte Gott unverblümt, dass ich seinen Auftrag scheiße fände, ich einfach nicht der Richtige dafür sei und er sich bitte einen anderen Idioten suchen solle, der das für ihn durchboxt. Ich nahm alle meine Unterlagen, lud alle meine Texte auf einen USB-Stick und warf das ganze Zeug nachts von einer Brücke in die Ruhr. Dabei sagte ich zu Gott: „Es gab nie eine Berufung. Und ich bin dir auch nichts mehr schuldig! Lass mich ein für alle Mal damit in Ruhe!"

Aber Gott ließ nicht locker. Kurze Zeit später redete er in mein Herz: „Entweder du schreibst das Buch oder niemand wird es schreiben." Aber ich spürte, dass er mich nicht zwang. Er stellte mir nur die Konsequenz meines Nichthandelns vor Augen. Und den Gedanken, vor meiner Berufung wegzulaufen und nie zu wissen, was es alles Gutes hätte bewirken können, konnte ich nicht ertragen.

Anfang 2013 beschloss ich dann, „All-in" zu gehen. Ich spürte Gottes Drängen und wusste: Wenn ich das Buch jetzt nicht schreibe, werde ich es nie mehr tun. Dann werde ich mein Diplom machen und ins „ganz normale Leben" eintauchen. Dann werde ich zu denen gehören, die irgendwann mal sagen: „Hätte ich doch ..." Mein „All-in-gehen" bedeutete, dass ich auf Alkohol verzichtete, nicht mehr nach Mädchen schaute, meine Wochenenden fürs Schreiben einplante und mir schwor, dass ich das Buch bis zum 15.04.2013 fertig haben würde – und wenn ich dabei draufginge!

Ich weiß bis heute nicht, wie – aber ich schaffte es, in drei Monaten 230 Seiten zu füllen und alle christlichen

Verlage anzuschreiben. Ein Verlag lud mich schließlich zu einem Gespräch ein und entschied sich später, das Buch in Etappen zu veröffentlichen. Seit Anfang 2014 ist ein erster Teil meiner Buchidee unter dem Titel „Zum Glück gibts Gott" bei der christlichen Verlagsgesellschaft Dillenburg erhältlich.

Als das Buch im Laden stand, ging ich hin und kaufte mein eigenes Buch. Ich stand vor dem Regal, wo ich einst selbst als Teenager unzufrieden das Angebot durchstöbert hatte. Heute steht mein Buch mittendrin. Gott kam mit mir zum Ziel, auch wenn ich von der ersten Idee bis zum fertigen Buch ungefähr zehn Jahre gebraucht habe.

Schon als kleiner Junge hatte ich mich nach einer göttlichen Berufung gesehnt. Und ich weiß jetzt, dass Gott damit nicht wartet, bis wir erwachsen sind.

Jonathan Lommel studiert Film und Regie an der Ruhrakademie Schwerte. Es liegt ihm am Herzen, junge Christen zu inspirieren und zu motivieren. Deshalb engagiert er sich auch beim SAT, dem Sonntagabendtreff in Dillenburg. Dort ist er für die Videoübertragung verantwortlich.

Ein Ladendetektiv und ein asiatisches Verhör

Schon immer war „Länder, Menschen, Abenteuer“ eine meiner Lieblingssendungen. Mich faszinierten andere Kulturen, Landschaften, Menschen und Sprachen. Nachdem ich die Sendung einige Zeit leidenschaftlich gern geschaut hatte, beschloss ich, wenigstens einen Bruchteil all des Schönen mit eigenen Augen anzusehen. Die Idee konkretisierte sich: Ich wollte einmal jeden Kontinent der Welt bereisen! Dieses Ziel erschien mir klar genug, dass ich es umsetzen konnte, und trotzdem ließ es noch viel Spielraum offen. Das gefiel mir.

Während meiner Ausbildungszeit lernte ich meine spätere Reisepartnerin Heidi kennen. Wir planten gemeinsam, tüftelten an Reiseroute und Ausführung und überschlugen mit 18 Jahren unser finanzielles Budget. Dann war der Plan geboren: vier Wochen lang Australien erkunden! Bewerkstelligen ließ sich das, indem wir mit einem Monatsbusticket von Stadt zu Stadt fuhren und in „Backpackers“ (so etwas wie Jugendherbergen) übernachteten. Dabei wollten wir so viel Interessantes sehen und Spaß haben, wie es nur ging. Und natürlich nette Leute treffen.

Ende Februar ging es dann los. Mit Billigticket und einer Übernachtung landeten wir nach 24 Stunden Flugzeit in Melbourne. Die ersten vier Tage blieben wir bei einer Bekannten. Danach begann das Abenteuer „Australien“ richtig: Von Melbourne ging es über Adelaide nach Alice Springs. Eine Besteigung des Uluru (wie die Aborigines den Ayers Rock nennen) gehörte natürlich auch dazu. Danach fuhren wir in guten 36 Stunden vom Landesinneren über Mount Isa nach Osten an die Küste und erreichten Townsville. Nach der Hitze der Wüste war das schön erfrischend. Entlang des Küstenstreifens gelangten wir nach Norden – Cairns war unser Ziel. Von dort aus besuchten wir die Kleinstadt Kuranda im Regenwald – einfach wunderschön! Den obligatorischen Tauchkurs für Touristen machten wir natürlich auch sowie die Tour zum Great Barrier Reef. Als wir wieder trocken waren, ging es über Brisbane nach Sydney. Wir erlebten wunderschöne Tage beim Sightseeing in dieser Traumstadt und gönnten uns auch einen Ballettabend in der Oper mit „Romeo und Julia“. Unvergesslich. Leider mussten wir von da aus wieder zurück nach Melbourne, um heimzufliegen. Ein echter Traumurlaub! Zumindest dachten meine Freundin und ich das bis dahin …

Wir verjubelten unser letztes Geld fast komplett und stiegen in den Flieger nach Europa. In Singapur machte die Maschine einen Zwischenstopp. Sie sollte aufgetankt und gesäubert werden und frische

Lebensmittel an Bord nehmen und in dieser Zeit sollten sich alle Passagiere im Transitbereich des Flughafens aufhalten. So auch wir.

Um uns die Zeit zu vertreiben, stöberten wir etwas in den Flughafenshops herum. Dabei unterhielt ich mich angeregt mit meiner Freundin und zwei weiteren Passagieren. In einer Parfümerie probierten wir Düfte aus und mein Blick fiel auf einen Stapel Taschenkalender, die dort als Werbegeschenke auslagen. Über den Kalendern prangte ein riesengroßes Schild mit der Aufschrift „FREE". Allerdings übersah ich das Kleingedruckte: dass die „free" sind, wenn man in dem Laden für 120 Singapur-Dollar Ware einkauft ... das hatte ich nachts um 23:30 Uhr nicht wahrgenommen. Mein Schwabenherz kam durch und ich packte den Taschenkalender ein. Angeregt ins Gespräch vertieft verließ ich ein paar Minuten später mit den drei anderen das Geschäft – und wurde vom Ladendetektiv aufgehalten.

Was dann geschah, nennt man wohl eine Verkettung von unglücklichen Umständen. Denn kurzerhand fand ich mich mitten in der Nacht allein auf dem Polizeihauptquartier in Singapur wieder. Meine Freundin saß im Flieger heimwärts, ich kannte keine Menschenseele vor Ort und hatte eine Riesenangst. Panik machte sich in mir breit und mir gingen die wildesten Vorstellungen von Gefängnissen in Asien durch den Kopf. Ich hatte keine Ahnung, was jetzt passieren würde, aber ich wusste, ich stecke bis über beide Ohren in der Tinte! Und das hatte ich mir auch noch total ahnungslos vollkommen selbstständig eingebrockt! Es war kein Ausweg in Sicht.

Die Deutsche Botschaft in Singapur hatte zu und sollte erst nach Ostermontag wieder öffnen, es war jedoch Samstagnacht. Sonst war kein Mensch, keine Hilfe verfügbar. Das konnten ja anderthalb furchtbare Tage werden!

In dieser für mich aussichtslosen Situation erinnerte ich mich plötzlich an meine Sonntagsschulzeit als Kind in der Kirche. Dort hatte ich von einem liebenden Vater-Gott gehört, der auf uns aufpasst. Er rettet uns immer aus Schwierigkeiten heraus und kann uns helfen. Das war mein Strohhalm! Nach dem griff ich jetzt. Ich weinte hemmungslos und rief verzweifelt zu einem Gott, von dem ich mir nicht ganz sicher war, ob es ihn gibt oder ob er mich hört. Aber ich hatte ja auch nichts zu verlieren. Also schrie ich innerlich, was ich konnte!

Auf der Polizeistation verlief das Verhör mit mir und dem anwesenden Ladendetektiv sehr ungünstig. Die beiden Polizisten glaubten mir einfach nicht, dass ich den Taschenkalender für ein Werbegeschenk gehalten und ohne böse Absicht mitgenommen hatte. Die Situation war schwierig. Ich erzählte meine Version. Sie glaubten mir nicht. Ich wiederholte alles. Sie beschuldigten mich, die Unwahrheit zu sagen. Es wurde immer verfahrener, auswegloser. Ich hatte meinen

Standpunkt. Die Polizisten ihren. Ich fühlte mich ihnen ohnmächtig ausgeliefert. Sie hatten die Macht und das Gesetz hinter sich. Bis Gott eingriff.

Mitten im Verhör – es war mittlerweile etwa drei Uhr früh – rutschte mir heraus: „Und morgen ist Ostern!“ Ich machte einfach diese Feststellung. Korrekterweise war es ja bereits Ostersonntagmorgen. Diese Bemerkung wendete das Blatt.

Auf einmal war ich für sie keine klauende Touristin mehr, sondern eine glaubwürdige Christin.

Ein Polizist wurde hellhörig. Er erzählte, er sei zwar Singapurer mit hinduistischem Hintergrund, aber seine Schulausbildung habe er an einer christlichen Schule in Singapur erhalten, weil die einen sehr guten Ruf hatte. Viel christliches Gedankengut hätte er an der katholischen Schule vermittelt bekommen und es einordnen können. Aber eines hätte er nie begriffen: ob nun Weihnachten oder Ostern das wichtigere Ereignis für die Christen sei. Und dann stellte er mir diese Frage: „Können Sie mir das erklären? Schließlich sind Sie ja aus Deutschland.“

Jetzt war ich platt! Was sollte denn das in einem offiziellen, total verfahrenen Verhör?!? Aber ich erholte mich schnell von meiner Verblüffung und mein Hirn begann zu rattern. Nach kurzem Überlegen spuckte es in etwa folgende Antwort aus: „Beide Ereignisse sind für die Christen sehr wichtig. An Weihnachten ist

Jesus – Gottes Sohn – geboren. Und an Ostern ist er gestorben und auferstanden. Beides gehört im christlichen Glauben untrennbar zusammen. Ich denke aber, Ostern hat die größere Bedeutung. Denn an Weihnachten ist ein Kind geboren – und es sind schon Millionen von Kindern geboren worden. Aber an Ostern ist Jesus gestorben und wieder auferstanden. Und von den Toten aufzuerstehen, das hat bisher nur einer in der Weltgeschichte geschafft! Daher ist für mich Ostern das größere Fest!"

Diese Erklärung überraschte mich selbst. Sie kam spontan – und überzeugte. Denn ab diesem Moment glaubten die beiden Polizisten mir auf einmal meine Version des Geschehens! Auf einmal war ich für sie keine klauende Touristin im Transit mehr, sondern eine glaubwürdige Christin aus Deutschland, der ein Missgeschick passiert war. Das Protokoll des Verhörs wurde so verfasst, dass es für mich sehr günstig ausfiel. Ich wurde zwar für ein paar Stunden in eine Zelle gesteckt, aber nur, weil ich keine Verwandten oder Freunde in Singapur hatte, zu denen sie mich hätten hinbringen können.

Am selben Morgen, etwa sechs Stunden später, konnte ich das Polizeihauptquartier als freier Mensch verlassen. Die folgenden drei Tage, bis die nächste Maschine meiner Fluggesellschaft nach Deutschland flog, verbrachte ich mit Sightseeing in Singapur und erlebte asiatische Gastfreundschaft: Die beiden Polizisten, die mich verhaftet hatten, entpuppten sich als perfekte Fremdenführer. Sie besorgten mir ein preisgünstiges Hotel und luden mich ein paarmal zum Essen ein. Ich hatte ja zusammen mit meiner Freundin mein Resturlaubsgeld vor dem Abflug in Australien auf den Kopf gehauen und somit nur sehr wenig Bares zur Verfügung. Meine beiden singapurischen „Bekannten" entwarfen sogar ein Touristenprogramm für mich. Ich musste unbedingt das im Kolonialstil erbaute Raffles-Hotel besichtigen und den bekannten Tiger Balm Garden. Auch die mit der Seilbahn erreichbare Insel Sentosa Island war ein Muss. Ich spazierte natürlich durch die Chinese und Japanese Gardens und entdeckte ein wenig die pulsierende Metropole Singapur. Sowohl die Stadt als auch die kleine Insel waren atemberaubend …

Mit einer Verzögerung von vier Tagen kam ich aus dem Urlaub zurück. Doch diese vier Tage hatten meine Sicht von Gott und damit mein Leben komplett verändert. Ich begann ernsthaft nach Gott zu fragen und in der Bibel zu lesen. Und Gott wusste, was ich brauchte: Er schickte mir einen Jugendreferenten aus dem Nachbarort über den Weg. In ihm erlebte ich zum ersten Mal einen Christen, der meine Fragen ernst nahm und so gut es ging beantwortete. So führte mein Erlebnis von Gottes liebevoller „Rettung" aus brenzliger Situation in Singapur – zusammen mit dem Bibellesen und den Gesprächen mit dem Jugendreferenten – zu einer Kehrtwende in meinem Leben.

Genau ein Jahr später traf ich die Entscheidung, Gott mein Leben anzuvertrauen. Eine sehr gute Entscheidung! Denn ich habe sowohl im Auslandsabenteuer als auch in meinem Alltag erlebt, dass gilt: „Eilte ich dorthin, wo die Sonne aufgeht, oder versteckte ich mich im äußersten Westen, wo sie untergeht, dann würdest du auch dort mich führen und nicht mehr loslassen“ (Psalm 139,9–10). Seitdem habe ich oft erlebt, dass Gott in brenzligen Situationen für mich da ist. Das macht mir Mut für heute und morgen.

Birgit Broyer lebt in Stuttgart und ist im Alter von 29 Jahren auf jedem Kontinent gewesen und hat dabei sehr viel Schönes gesehen. Sie reist immer noch gern – nun jedoch einfach nur so.

Von wegen Zufall

Lange war ich auf der Suche gewesen – nach einem Mädchen, das zu mir passt und mit dem ich einmal eine Familie gründen könnte. Wie oft hatte ich mich gefragt: *Wie wird alles kommen? Wer wird es sein – und vor allem: Wie soll ich sie finden?* Und dann begann alles mit einer kaputten Lichtmaschine im Trabant meines Kumpels Mike, mit dem ich ein paar Tage Urlaub machte ...

Am Tag zuvor hatte der Trabi noch einwandfrei funktioniert und wir waren problemlos 200 Kilometer gefahren. Aber am Morgen unserer geplanten Rückfahrt war die Lichtmaschine plötzlich kaputt. „Das ist doch wirklich zum Wahnsinnigwerden!“, tobte Mike und war der Verzweiflung nahe. Er wusste nur zu gut, dass es in der damaligen DDR so gut wie unmöglich war, kurzfristig an ein entsprechendes Ersatzteil zu kommen. Noch dazu hier im südöstlichen Sachsen. Aber wundersamerweise hatte die Werkstatt im Nachbarort eine entsprechende Lichtmaschine da! Und der Werkstattmeister war sogar bereit, sie uns noch am selben Tag einzubauen! Das war wirklich unglaublich.

Drei Stunden sollte die Reparatur dauern. Als wir den Trabi abgaben, war gerade Mittagszeit. Die Sommersonne brannte und unsere Mägen knurrten. „Wir sollten etwas Essbares auftreiben“, meinte Mike und ich stimmte ihm zu. Ich wusste, dass es zwei Gasthöfe in der Nähe gab und zwei Wege, die wir einschlagen konnten. Als wir an der Abzweigung ankamen, blieb ich stehen und zögerte kurz. Dann entschied ich mich für einen der beiden Wege.

Aber als wir endlich den angesteuerten Gasthof erreichten, rief Mike enttäuscht: „Das gibt es doch nicht! Die Kneipe ist zu!“ So ein Ärger! Und immer noch so ein Hunger! Also liefen wir einen weiteren Kilometer durch das Dorf bis zu einem Lebensmittelladen, in dem wir uns mit Cola und ein paar Knabbereien eindeckten. Dann setzten Mike und ich uns ins Wartehäuschen einer Bushaltestelle und begannen zu essen.

Erstaunlich, wie präzise Gott diese unfreiwillige Busfahrt eingefädelt hatte …

„Der nächste Bus kommt erst in einer Stunde“, sagte ich, nachdem ich einen Blick auf den Fahrplan geworfen hatte. So lange würden wir in der Hitze sitzen und warten müssen, bis wir zurück zur Werkstatt fahren konnten. Oder den ganzen Weg noch einmal zu Fuß gehen?

„Nee, vergiss es!“, lehnte Mike kauend ab. Doch dann kam nach 20 Minuten ein Bus, den ich auf dem Fahrplanaushang gar nicht gesehen hatte. Trotzdem fuhr er. Und mit ihm das entscheidende Finale in Gottes Plan für diese Geschichte: denn in diesem Bus saß meine heutige Frau! Was ebenfalls außergewöhnlich war, denn bei dem schönen Wetter der letzten Tage war sie eigentlich immer mit einer Schulfreundin mit dem Moped nach Hause gefahren. Aber heute war es anders. Gerade heute war die Schule so früh zu Ende, dass sie eine Stunde früher als üblich genau in diesem Bus saß, der soeben in die Haltestelle einfuhr. Oft war sie schon an dieser Station ausgestiegen, um ihre Oma zu besuchen – aber nicht heute.

Eine Station nur fuhren wir zusammen in demselben Bus, vielleicht drei Minuten, die so bedeutend für unser ganzes weiteres Leben waren! Erstaunlich, wie präzise Gott diese unfreiwillige Busfahrt eingefädelt hatte …

Wir kannten das braunhaarige Mädchen von ein oder zwei kurzen Begegnungen in unserem Urlaubsort. Sie war mal bei der Familie im Nachbarhaus unserer Pension zu Besuch gewesen. „Hey – was macht ihr denn hier?“, fragte sie. Wir erzählten ihr mit kurzen Sätzen, was uns passiert war. „Kommt mich doch nachher mal besuchen“, sagte sie schließlich, zeigte uns, wo sie wohnte, und lächelte mich an. Dann musste sie aussteigen.

Wow! Klar nahm ich diese Einladung an, schließlich gefiel sie mir sehr. So kam es, dass wir am Nachmittag bei ihr auftauchten. Schon wenige Stunden später wussten wir, dass wir zusammengehörten und zusammenbleiben würden. Es mag ungewöhnlich klingen, sich nach so kurzer Zeit so sicher zu sein, aber es war so.

* * *

Und es blieb so. Heute sind wir seit 22 Jahren verheiratet und haben vier Söhne. Und wir sind noch immer glücklich und freuen uns noch immer an der Geschichte von damals. An diesem Sommertag, an dem so viele Dinge passierten, die eigentlich nie passierten und die zusammenkommen mussten, damit wir zusammenkommen konnten.

Unglaublich? Verrückt? – Vielleicht.

Alles nur Zufall? – Nein.

An blinden Zufall glaube ich nicht, denn wenn einem etwas zufällt, muss es auch jemanden geben, der es einem zufallen lässt. Rückblickend bin ich mir ganz sicher: Gott hatte die Sache eingefädelt. Gott hatte einen Plan – mit meiner Frau ebenso wie mit mir. Und er setzte diesen Plan in die Tat um, lange bevor ich das überhaupt realisierte. Gott arbeitete an mir und mit mir, als ich noch gar nicht damit rechnete. Ich kann mich voll auf ihn verlassen. Und er ist schon längst mit mir unterwegs, auch wenn ich das noch gar nicht merke.

Mathias Christiansen ist seit 22 Jahren mit Manja verheiratet und hat mit ihr vier Söhne. Am liebsten erzählt und schreibt er davon, was Gott uns Menschen Gutes getan hat.

Das Monster in mir

Als Kind war ich ein sehr gesundes, fröhliches Mädchen. Ich machte gern Sport, war immer und überall dabei und hatte einen gesunden Appetit. Sehr früh kam ich in die Pubertät, doch außer den gewöhnlichen Stimmungsschwankungen und kleineren Rebellionen gegenüber meinen Eltern hatte ich auch in dieser Zeit kaum Probleme. In der Schule hatte ich die besten Noten, viele Freunde und Spaß am Leben!

Die ersten Probleme begannen, als mein Opa starb, zu dem ich eine enge Beziehung gehabt hatte. Ich war bei seinem Tod dabei und erlebte sein Sterben hautnah mit. Und damit war ich irgendwie überfordert: Ängste, die sich einschlichen, Fragen, auf die ich keine Antwort hatte, und die tiefe Trauer über den Verlust des Mannes, der für mich ein enger Freund gewesen war, brachten mein Inneres aus dem Gleichgewicht. Als ich mich einige Zeit darauf das erste Mal in einen Jungen verliebte, befand ich mich in einem Glücksrausch! Doch meine Gefühle wurden bitter enttäuscht, denn der „Traumprinz" wurde auch ohne Kuss schnell zum Frosch: Er interessierte sich nicht für mich und meine Liebe wurde zurückgewiesen …

Das war zu viel für mich. Ab diesem Zeitpunkt ging

es mit mir bergab. Erst körperlich, dann auch emotional. Ich bekam eine starke Grippe, kurz danach die Masern, gefolgt von Scharlach mit sehr hohem Fieber. Ich verlor viel Gewicht und wurde dünner und dünner. Ich zog mich in meine eigene innere Burg zurück, wurde verschlossener und zog regelrecht die Zugbrücke hoch, über die ich sonst allzu gern in die weite Welt hinausspaziert war …

Auch meine Interessen veränderten sich, wurden verborgener und skurriler: Meine Neugier auf unsichtbare Dinge wuchs und ich beschäftigte mich mehr und mehr mit okkulten Büchern, schloss einen „Blutbund“ mit einer Freundin und guckte die schlimmsten Horrorfilme. Hass und Rebellion stiegen in mir auf, die sich vor allem gegen meine Eltern richteten.

Aber auch gegen mich selbst. Mit 14 war ich körperlich schon sehr weit entwickelt, sodass mich Männer anstarrten, obwohl ich eigentlich noch ein Kind war. Deshalb begann ich meinen Körper zu verabscheuen. Ich steigerte mich immer tiefer in mein eigenes, verdrehtes Gedankenleben hinein, bis ich eines Tages – ausgelöst durch eine unbeabsichtigte Bemerkung meiner Mutter – einen krassen Wut- und Schreianfall bekam. Ich schlug und biss mich selbst, übergab mich, raste auf dem Rad durch das Dorf und schrie wie eine Irre – ich war völlig außer mir!

Meine Mutter organisierte unter großen Kämpfen mit mir einen Klinikaufenthalt. Ich kam auf die geschlossene Station – und war nun nicht nur innerlich, sondern auch äußerlich in der „Burg" angekommen. Es wurde immer dunkler in mir und ich erkannte, dass mich eine ungute Kraft zu alledem trieb. Selbst die Ärzte sprachen von dem „Monster in mir" …

Doch die Abwärtsspirale schraubte sich noch weiter nach unten. Die Hassgefühle wurden schließlich so stark, dass ich mich selbst zerstören wollte und jede Form der Nahrungsaufnahme verweigerte; nicht einmal ein Bonbon konnte ich lutschen! Die körperlichen Folgen waren dramatisch: Bei einer Größe von 1,58 Meter wog ich nur noch 38 Kilo. Ich hatte Sehstörungen, Schmerzen in allen Gliedern, verstopfte Ohren, blau gefrorene Hände, ich zitterte ständig und war so geschwächt, dass sogar meine Periode ausblieb. Ängste, Zwangsgedanken und Neurosen wurden immer schlimmer und eine innere Rückentwicklung setzte ein, sodass ich als 14-Jährige schließlich wieder Kinderbücher las. Ich nahm mich als „fettes Monster" wahr, fühlte mich mehr und mehr von dunklen Schatten bedrängt und nahm Dinge wahr, die entweder Wahnvorstellungen waren oder ein Blick in eine Welt, die keiner um mich herum nachvollziehen konnte. Ich war am Ende.

Doch irgendein letzter kleiner Hoffnungsschimmer in mir zog mich zu Gott. Obwohl ich nicht aus einem gläubigen Elternhaus kam, bat ich meine Mutter, mir eine Bibel zu schicken, weil ich das Bedürfnis hatte, darin zu lesen. Ich fing auch an zu beten. Ich hatte damals zwar keine „Beziehung“ zu Jesus, aber ich war fasziniert von Menschen, die durch ihren Glauben Unmögliches schafften, nahm mir Abraham und andere zum Vorbild und bezog die Zusprüche und Verheißungen der Bibel mehr und mehr auf mich persönlich.

Es wurde immer dunkler in mir und ich erkannte, dass mich eine ungute Kraft zu all dem trieb.

Nach und nach entwickelte ich – nicht zuletzt auch durch die Hilfe der Ärzte – wieder eine Vision vom Gesundsein. Meine Lebensfreude kam zurück und meine Genesung schritt so weit voran, dass ich nach knapp einem Jahr die Klinik wieder verlassen durfte. Ich war wieder stabilisiert – doch von einer „Heilung“ oder einem gesunden Leben konnte keine Rede sein! Noch immer hatte ich Depressionen und kämpfte auf vielen Ebenen, sodass ich einige Monate später erneut in einer Klinik landete. Diagnose: Depression und Bulimie.

Die kommenden Jahre waren ein einziger Kampf. Heftige Streitereien mit meinen Eltern und Rückfälle – ich nahm Abführmittel und stahl sie sogar! – waren fast an der Tagesordnung.

Als ich 17 war, lud mich eine Freundin zu ihrer Taufe in eine Kirche ein. In diesem Gottesdienst wurde mir das erste Mal nach meinem Klinikaufenthalt vor vier Jahren schlagartig bewusst, dass ich Gott und Jesus brauchte. Wer, wenn nicht er, konnte mir helfen, gegen das Monster in mir anzukommen und frei zu werden? Erneut begann ich die Bibel zu studieren und nachdem ich das Johannesevangelium gelesen hatte, lud ich Jesus Christus in mein Leben ein. Ich tat das, was dort gleich zu Beginn steht: „Er kam in seine Welt, aber die Menschen nahmen ihn nicht auf. Die ihn aber aufnahmen und an ihn glaubten, denen gab er das Recht, Kinder Gottes zu werden“ (Johannes 1,11–12).

Augenblicklich fiel eine Last von mir ab. So, als hätte jemand einen unsichtbaren Vorhang weggezogen, war ich mir plötzlich sicher, dass mein Leben einen Sinn hatte! Gott war für mich, liebte mich und hatte sogar Jesus Christus, seinen Sohn, für mich gegeben, weil ich für ihn so wertvoll bin! Diese und ähnliche Erkenntnisse trugen mit dazu bei, dass ich anfing, mich selbst mit anderen Augen zu sehen. Ich begann etwas mehr zu essen, sammelte neuen Mut, um weiterzukämpfen und mich nicht mit diesem Schicksal abzufinden. Der Abend wurde für mich zur schönsten Zeit des Tages, weil ich dann in meiner Bibel las, betete und Gott ganz nahe sein konnte.

Schließlich schaffte ich es sogar, meinen Körper wieder zu berühren. Der Ekel vor mir selbst wich, denn Gott zeigte mir seine Liebe. Ein Jahr später ließ ich mich sogar taufen – ich wollte ganz und gar mit Gott leben und ihn zu meinem engsten Freund haben!

Mit 19 Jahren zog ich schließlich von zu Hause aus. Es tat mir gut, meinen eigenen Haushalt zu führen und mein Leben mehr und mehr in die eigene Hand zu nehmen. Meine Vermieterin lebte im selben Gebäude und war ebenfalls eine gläubige Christin, was sich als ein riesiges Geschenk für mich herausstellte. Denn sie half mir mit unzähligen Gebeten und seelsorgerlichen Gesprächen. Es ging endlich wieder bergauf!

Aus Liebe und Dankbarkeit Gott gegenüber beschloss ich nach dem Abitur sogar, bei einer christlichen Jugendorganisation mitzuarbeiten. Meine eigene Veränderung machte mir Mut, dass Gott auch das negative „Schicksal" anderer verändern kann – dabei wollte ich mithelfen und mich von Gott gebrauchen lassen.

Doch plötzlich kam es noch einmal zu einem unerwarteten Rückschlag in meinem Leben: Erneut tauchte das „Monster" in mir auf! Hassgefühle gegenüber Teammitgliedern setzten sich in mir fest und meine Ungeduld, Fahrigkeit und sogar Verwirrung wurden so stark, dass ich meinen Job bei der Jugendorganisation kaum ausführen konnte. Schließlich fiel ich bei einer Andacht zu dem Vers aus Johannes 3,16 („Denn Gott hat die Menschen so sehr geliebt, dass er seinen einzigen Sohn für sie hergab. Jeder, der an ihn glaubt, wird nicht zugrunde gehen, sondern das ewige Leben haben.") aus medizinisch unerklärlichem Grund in Ohnmacht!

Doch wieder hatte Gott schon Hilfe vorbereitet, um meine Genesung voranzutreiben: Zwei Freundinnen luden mich ein, mit ihnen zu einer christlichen

Veranstaltung zu fahren, bei der um Heilung gebetet wurde. Noch einmal wollten wir – gemeinsam mit erfahrenen Mitarbeitern dieser wöchentlichen Gebetsarbeit – beten. Und bereits direkt nach dem Gebet spürte ich, wie sich etwas verändert hatte: Ich sah die Welt bunter, fühlte mich leichter und hätte vor Freude zerspringen können. Auch die Veränderungen in meinem Alltag waren deutlich spürbar: Ich konnte mich und meine Mitmenschen plötzlich wieder mehr lieben, annehmen und mit Gottes Augen sehen! Nach und nach eroberte ich mit Jesus und der Gebetsunterstützung meiner Freundinnen das wieder zurück, was mir das „Monster" geraubt hatte.

Heute, acht Jahre nach meinem absoluten Tiefpunkt mit 14, kann ich wirklich sagen, dass der Bibelvers aus Johannes 3,16 und viele andere Wahrheiten aus dem Neuen Testament nicht nur Sprüche oder Theorie für mich sind, sondern zur Wahrheit, Hoffnung und Heilung für mein Leben wurden. Ich fühle mich frei, voller Liebe und Leben! Während ich mich früher zu Tode hungern wollte, mich hasste und meinen Körper nicht einmal berühren konnte, nehme ich mich heute von ganzem Herzen an, lebe ein buntes Leben, finde mich hübsch und bin fast schon fröhlich!

Klar, es gibt auch in meinem Leben noch viel, was Veränderung braucht, trotzdem kann ich sagen, dass Gott einen „Sieg auf ganzer Linie" errungen hat und ich eine Wahrheit erlebt und verstanden habe, die ich heute so formulieren würde: „Denn so sehr hat Gott die Katharina und die ganze Welt geliebt, dass er seinen eingeborenen Sohn gab, damit sie und jeder andere, der an ihn glaubt, nicht verlorengeht, sondern ewiges und gelingendes Leben hat …"

Katharina ist in keiner Klinik mehr, dafür aber auf einer Bibelschule und liebt alles, was bunt und abenteuerlich ist. Anstatt gegen sich selbst zu kämpfen, setzt sie sich nun lieber mit aller Kraft für die Ziele von Jesus ein.

Die Stimme im Wald

Gott hat in mein Leben hineingeredet! Hört sich ziemlich abgedreht an, oder? Aber alles der Reihe nach …

Meine Freunde und ich hatten eine recht turbulente Teen- und Jugendzeit. Da war viel Alkohol im Spiel, und einige von uns hatten auch was mit Drogen zu tun – bis Freunde von uns auf Entzug mussten und eine Bekannte sogar an einer Überdosis starb. Daraufhin gründeten wir eine Art Diskussionsklub. Jeden Dienstagabend hockten wir uns bei mir zusammen, um über das Leben nachzudenken. Ich hatte damals Philosophie in der Oberstufe, und über die krassen Texte, die ich da gelesen habe, haben wir dann geredet. Es kamen immer an die 15 Metaller, Punks und andere Wahnsinnige, die sich um 20 Uhr vor unserem Haus versammelten. Es dauerte auch nicht lange, bis meine Mom die ersten Anrufe besorgter Nachbarinnen erhielt, die ängstlich fragten, was das denn für eine Verschwörergruppe langhaariger Bombenleger sei, die sich da wöchentlich bei ihr im Haus traf, um wahrscheinlich finstere Pläne auszuhecken … Meine Mom hat diese besorgten Nachbarinnen dann damit beruhigt, dass ihr Sohn sich mit ein paar Leuten zum Philosophieren treffen würde …

Zwischenzeitlich musste ich mir überlegen, was ich eigentlich nach dem Abi machen wollte. Ich wusste echt nichts mit meinem Leben anzufangen. Als dann eine Bekannte meinte, dass ein kaufmännischer Beruf zu mir passen würde, ließ ich mir einfach von ihr ein paar Bewerbungen schreiben. Das war im Herbst 1989.

In unserem Diskussionsklub hatte ich mittlerweile den Auftrag übernommen, mal was aus der Bibel vorzubereiten – sozusagen als religionsphilosophischen Input. Ich wusste noch aus dem Konfi-Unterricht, dass das Johannesevangelium am einfachsten zu lesen war. Deshalb hatte ich gesagt: „Ich bereite mal drei Abende über dieses Teil vor." Also hockte ich mich hin und las das Johannesevangelium durch.

Ich weiß nicht, ob ihr so was schon mal gemacht habt, aber man kommt ganz schnell vom Hölzchen aufs Stöckchen. Ich landete in anderen Evangelien, dann bei den Paulusbriefen (die ich echt mal kompliziert fand!) und schließlich von da aus noch im Alten Testament, wo ich fast gar nichts mehr kapierte. Also tigerte ich zu meinem Cousin, weil ich wusste, dass er solche Bibel-Erklärungsbücher hatte (heute weiß ich, dass man die Dinger „Kommentare" nennt). Darin habe ich dann bis spät in die Nacht hinein gelesen und mir Notizen gemacht. Und im Laufe dieser Wochen wurde mir immer klarer: Wenn auch nur die Hälfte von dem stimmt, was da über Jesus geschrieben steht, dann wäre ich total verrückt, das nicht auszutesten! Zumal ich den

Eindruck hatte, dem Grund dafür auf die Spur zu kommen, warum ich in meinem Leben erst der Klassenclown gewesen war, dann ein Fremdwörterlexikon auswendig gelernt hatte und jetzt gerade stolz drauf war, nach zwei Flaschen Wein noch sechs große Bier zu schaffen, ohne umzufallen: Ich hatte ständig nach Anerkennung, Selbstwert und Zuneigung gesucht – und Jesus wollte mir genau das geben! Deshalb entschied ich mich in diesen Wochen dafür, mit Jesus zu leben.

Das ganze Ding hatte natürlich zur Folge, dass ich jetzt anfing, noch mal anders über mein zukünftiges Leben nachzudenken. Da war ja jetzt sozusagen ein neuer Faktor in mein Leben gebeamt worden, der vorher noch nicht da war. Also hab ich Jesus gefragt, ob er irgendwelche Ideen für mein Leben hat, auf die ich bisher noch nicht gekommen war.

Einige Zeit später, es war der 12. Januar 1990, war ich gerade auf einem Nachdenkspaziergang durch den Wald, als ich so das Gefühl hatte, dass da eine Stimme in mir drin war, die sagte: „Du solltest Theologie studieren." Auf der einen Seite fand ich das total cool, weil ich wusste, dass Jesus zum Beispiel im Johannesevangelium sagt, dass seine Leute seine Stimme hören werden (Johannes 10,27). Auf der anderen Seite wusste ich aber auch, dass es Menschen gibt, die sich Stimmen einbilden oder die Stimme Gottes mit eigenen Wünschen oder Ängsten verwechseln. Deshalb antwortete ich damals im Wald: „Okay, liebe Stimme in mir drin:

Ich weiß, dass Leute, die Stimmen hören, im Allgemeinen ein bisschen weit durch die Kurve sind … Wenn du allerdings wirklich die Stimme von Jesus bist, wäre ich blöd, nicht auf dich zu hören. Ich stecke in der Zwickmühle. Daher mein Lösungsvorschlag: Ich gebe dir eine Woche Zeit, um mir zu zeigen, dass dieses Stimmending in mir drin keine Einbildung ist, sondern von ganz oben in mich hineingekommen ist." Ob ich das wörtlich so gesagt habe, weiß ich heute nicht mehr, aber ich weiß noch ganz genau, dass ich diese Deadline von einer Woche gesetzt hatte.

In dieser besagten Woche kamen zwei Kumpels auf mich zu und fragten, ob ich mir denn wirklich sicher wäre, einen kaufmännischen Beruf zu lernen. Zu mir würde doch irgendwas anderes besser passen. Das brachte mich ins Nachdenken – war aber noch lange kein Beweis für die Richtigkeit dieser komischen Stimme. Der Hammer kam am kommenden Sonntag, also so ziemlich an der Deadline. Ich war ausnahmsweise mal in den Gottesdienst gegangen. (Ich weiß ehrlich nicht mehr, warum, denn der Sonntagmorgen hat das Problem, dass er direkt im Anschluss an den Samstagabend liegt. Und der war bei uns immer ziemlich lang …) Jedenfalls war ich in diesem Gottesdienst. Und ausgerechnet dieser

Ich weiß, dass Leute, die Stimmen hören, im Allgemeinen ein bisschen weit durch die Kurve sind …

Gottesdienst wurde von Theologiestudenten aus Marburg gestaltet. Gabs meines Wissens nie vorher und auch nie wieder danach. Sehr sonderbar! Das war zwar immer noch kein mathematisch wasserdichter Beweis für die Echtheit der Stimme, aber immerhin doch ein ziemlich deutlicher Hinweis.

Mittlerweile hatte ich mich informiert, wo man überall Theologie studieren konnte. Ich war sogar zwei Tage lang Gastschüler an einer Bibelschule gewesen! Allerdings hatte man mir dort gesagt, ich müsste erst mal Christ werden. Auf meine Beteuerung hin, dass ich doch schon Christ sei, sagte man mir: „Wer so aussieht wie du, ist kein Christ." Daraus zog ich zwei wichtige Erkenntnisse: Erstens waren Bibelschulen anscheinend nicht das Richtige für mich und zweitens gibt es wohl Christen, die zwar Christen sind, deren Gehirn aber schon mal entrückt worden ist … :-)

Jetzt stand ich vor der Entscheidung, an die Uni zu gehen und dort Theologie zu studieren. Ich hatte immer schon in Englisch eine Fünf gehabt. Wie sollte das denn bloß mit Hebräisch und Griechisch werden?! Immerhin war es eine weitere Möglichkeit herauszufinden, ob die Sache mit der Stimme pure Einbildung war oder nicht. (Leute, die Stimmen hören … Also, mal ehrlich, liebe Freunde! Ich habe gehört, in Jerusalem gibt es ein psychiatrisches Krankenhaus, das hat eine Station, auf der nur Leute sind, die sich für Jesus halten und andauernd irgendwelche Stimmen hören. Für Jesus hielt ich mich zwar noch nicht, aber ich hatte den Eindruck gehabt, eine Stimme wäre in mir drin gewesen. Noch mal Schwein gehabt!)

Dann kam mir die Idee, nach dem Abi nicht gleich zum Studium zu gehen, sondern in den Sommerferien erst einen Hebräisch-Crash-Kurs in Siegen an der Uni zu machen. Das wäre ein wirklich gutes Testverfahren dafür, ob ich für Theologie geeignet war oder nicht. Was normale Theologiestudenten in zwei Semestern lernten, prügelte ich mir also in sechs Wochen in mein Hirn. Und was soll ich sagen: Ich habs geschafft – und es hat sogar Spaß gemacht.

Ich zog dann im Herbst 1991 nach Marburg, um an der Uni Theologie zu studieren. Es war bisweilen etwas bizarr, was einem die Profs da erzählten, aber ich habe ein gutes Handwerkszeug fürs theologische Arbeiten mitgekriegt.

Meine Heimatgemeinde damals war der Christus-Treff in Marburg. Da habe ich viel mitgearbeitet, war in einem Hauskreis und konnte viel lernen und an meiner noch recht unreifen Persönlichkeit arbeiten. Während meiner Zeit in Marburg wurde mir dann klar, dass der klassische Pfarrdienst nicht so ganz das Berufsbild war, in das ich mit meinen Gaben gut hineinpasste. Deshalb studierte ich dann während des Hauptstudiums noch Pädagogik und Psychologie, um nach dem Examen mehr Möglichkeiten zu haben. Heute arbeite ich selbst als Dozent am Marburger Bibelseminar.

Ich kann nicht sagen, was aus meinem Leben geworden wäre, hätte ich damals die Stimme in mir drin in den Wind geschlagen. Vielleicht hätte ich irgendeinen Job angenommen, bei dem ich meine Gaben nicht so super hätte einsetzen können. Vielleicht hätte Gott aber auch andere Möglichkeiten gefunden, mich auf meinen Weg zu bringen. Wer weiß das schon?!

Ich glaube, dass Gott mit allen Menschen arbeiten möchte, damit seine neue Welt hier auf der Erde sichtbar wird. Manchmal ist sein Plan mit einem Menschen sehr konkret, manchmal ist er eher allgemein. Mit vielen Menschen arbeitet Gott wenig spektakulär – und trotzdem ist ihr Leben ein Segen für viele andere. Denn ich glaube, dass ein Leben, das offen ist für Gottes Eingreifen, auf jeden Fall von Bedeutung sein wird. Es wird in irgendeiner Form abenteuerlich sein.

Daher kann ich im Rückblick nur sagen: Es lohnt sich, mutig und offen dafür zu sein, dass Gott das eigene Leben benutzt, damit sich seine neue Welt hier ausbreitet!

Fossi Bäumer lebt in Marburg und arbeitet als Dozent am Marburger Bibelseminar. Er sitzt ganz oft in seinem Fossi-Liebhab-Sessel, wo die Stimme Gottes zu ihm sagt: „Du bist mein geliebtes Kind." Außerdem sammelt er DVDs, CDs, Fremdwörter und Schädel.

Das Wortwunder

Ich war so um die 15, als ich an einem Sonntag im Gottesdienst gemeinsam mit unserem Mädels-Teenkreis einen Rap vortragen sollte. Die Strophen hatte ich verfasst, und es war geplant, dass ich den ersten Teil davon auch selbst rappen sollte. Den zweiten Teil würde Sarah (Name geändert) übernehmen. Den Refrain, den wir uns von einem bekannten Lobpreislied geliehen hatten, sollten alle gemeinsam singen und unsere Leiterin würde uns auf der Gitarre begleiten.

Am Freitag zuvor hatten wir das Lied einstudiert und nach einigen metrischen Schwierigkeiten bekamen Sarah und ich die Strophen ganz passabel hin. Auch der Refrain klappte wunderbar und zum Schluss probten wir das Ganze mit ein paar choreografischen Details auf der Bühne unserer Gemeinde noch so lange, bis alle zufrieden waren.

Es war mir nie sonderlich schwergefallen, vor Publikum zu stehen – sei es bei einer Schulaufführung, beim Vortragen eines Referates vor der Klasse oder bei einem Theaterstück im Weihnachtsgottesdienst. Mir gefiel es, in verschiedene Rollen zu schlüpfen, und andere bescheinigten mir oft ein gewisses Talent. Daher freute ich mich schon riesig auf meinen Auftritt.

Am nächsten Morgen trafen wir uns um kurz vor 10 Uhr in einem kleinen Raum neben der Bühne. Die anderen waren ganz aufgeregt und auch ich hatte Schmetterlinge im Bauch, jedoch vor Vorfreude. Wir grinsten alle und keine von uns konnte still sitzen. Unsere Teenkreisleiterin betete mit uns und es war deutlich spürbar, wie die Atmosphäre im Raum während des Gebets allmählich ruhiger wurde.

Die Begrüßung und die allgemeinen Bekanntmachungen zu Beginn des Gottesdienstes nahm ich nicht wahr. Ich ging meinen Text im Kopf immer wieder durch. Denn: Gute Vorbereitung ist der perfekte Schutz vor Versagen auf der Bühne. Das stand für mich unumstößlich fest. Auch Sarah las ihren Text noch mehrfach auf dem kleinen Zettel durch, den sie in ihrer Hand hielt. Nur die Mädels, die den Refrain übernehmen würden, sangen bei dem ersten Gemeindelied, das soeben in Klavierbegleitung begonnen hatte, voller Inbrunst mit und schienen völlig entspannt.

Als die letzten Töne des Klaviers verebbt waren, wurde unser Rap angekündigt. Wir gingen alle auf die Bühne und stellten uns als braves Chorgrüppchen auf. Sarah und ich blieben im Hintergrund. Unsere Teenkreisleiterin begann auf der Gitarre zu spielen, während die Mädels den Refrain zur Einstimmung in harmonischem Gesang zum Besten gaben. Dann war ich dran.

Ich löste mich aus der Gruppe und begann mit rhythmischen Bewegungen, wie ich sie in Hip-Hop-Videos gesehen hatte, zu rappen. Die ersten Zeilen meines Raps liefen wie am Schnürchen. Doch dann passierte es: Plötzlich war in meiner Erinnerung alles schwarz! Mir war sofort klar: „Ich habe meinen Text vergessen!“ Mein Magen überschlug sich, mein Gesicht begann zu glühen. Das war mir in all den Jahren noch nicht passiert. Ich hatte bisher immer meine Texte gekonnt und meist sogar zusätzlich noch die Texte der anderen. In der Regel war ich diejenige, die dem auf die Sprünge half, der patzte. Und jetzt war ich die, die Hilfe brauchte.

> **Doch dann passierte es: Plötzlich war in meiner Erinnerung alles schwarz!**

Alles ging ganz schnell. Ich hatte nicht aufgehört zu tanzen und auch mein Mund stand keine Sekunde still. Obwohl ich meinen Text absolut nicht mehr wusste, füllten sich die Takte mit Worten – und als ich am Ende der Strophe angekommen war, verpasste Sarah ihren Einsatz und sah mich mit großen Augen an. Aufmunternd nickte ich ihr zu und sie begann die zweite Strophe zu rappen, während ich in den Hintergrund rückte. Nach Sarahs reibungslosem Durchlauf sangen wir den Refrain noch zwei Mal, ehe wir alle die Bühne verließen und wieder ins Nebenzimmer verschwanden.

„Ich hab meinen Text vergessen! Wie blöd ist das denn? Das ist mir noch nie passiert. Sorry, Leute. O Mann!“ So und noch ausführlicher beklagte ich mein Versagen. Ich hielt mir meine Hände vors Gesicht, weil ich noch immer glühend rote Wangen hatte und mich schrecklich fühlte.

„Echt? Ich hab nichts gemerkt", sagte ein Mädchen aus der Gruppe.

Ich nickte ihr verächtlich zu. Sie wollte mich wohl auf den Arm nehmen?!

„Ich hab nur mitgekriegt, dass Sarah ihren Einsatz verpasst hat", fuhr sie fort und sah mich aufrichtig an. Ich kniff die Augen zusammen. Meinte sie das ernst?

„Weil die Wörter überhaupt nicht gestimmt haben", verteidigte sich Sarah und lachte dabei. „Echt jetzt, Chris, du hast einen völlig anderen Text gesprochen, als auf dem Zettel steht. Ich hatte mir gemerkt, wann ich nach dir dran bin, aber die letzte Zeile kam einfach nicht."

„Ich wusste plötzlich gar nichts mehr, aber die neuen Wörter, die kamen halt einfach. Was hab ich denn gesagt?" So genau konnte mir das keines der Mädels sagen. Glücklicherweise gab es vom gesamten Gottesdienst eine Kassettenaufnahme, die ich mir direkt im Anschluss bei der Tontechnik abholte.

Zu Hause in meinem Zimmer hörte ich mir den Auftritt in Ruhe an. Einmal, zweimal, mehrmals. Ich war überrascht: Man hörte überhaupt keinen Übergang zwischen dem alten und dem neuen Text! Von dem Moment an auf der Bühne, in dem mir klar geworden war, dass mein Text weg ist, bis zu dem Moment, als der neue Text aus meinem Mund kam, war ein fließender Übergang. Das Mädchen aus meiner Gruppe hatte sich tatsächlich nicht über mich lustig gemacht, als sie mir gesagt hatte, dass sie von meinem Patzer nichts gemerkt hatte. Er war im Endergebnis gar nicht vorhanden gewesen! Ich würde mich bei ihr für meine Verächtlichkeit entschuldigen müssen.

In diesem Moment wurde mir klar, dass es Jesus gewesen war, der mir in diesem Moment zu Hilfe gekommen war. Jesus hatte mir auf die Sprünge geholfen und mir seine Worte in den Mund gelegt. Worte, die so viel besser waren als die, die ich zuvor geschrieben hatte. Er hatte mich als sein Sprachrohr benutzt. Es war nicht mein Rap, sondern *sein* Rap.

Christiane Seipel lebt mit ihrem Mann und drei Kindern in der Wetterau und erlebt solche Wortwunder seither immer wieder, wenn sie schreibt.

Der geheimnisvolle Anhalter

Nach meinem Studium wohnte ich in einem gemütlichen Wohnwagen, der 20 Meter lang war. Ich hatte ein Wohnzimmer, eine Küche, ein Bad und ein Schlafzimmer. Der Wohnwagen war mit einer Ofenzentralheizung ausgestattet und ich fühlte mich rundum wohl und glücklich.

Als ich an einem Wochenende im Winter auf einer tollen Konferenz gewesen war und wieder zu meiner ungewöhnlichen Wohnung zurückfahren wollte, hatte ich eine schwierige Heimfahrt vor mir: Es war kalt, es schneite und es war fast Mitternacht. Da hörte ich plötzlich, wie Gott ganz deutlich in meinem Innern zu mir sprach: „Du wirst gleich einen Mann am Straßenrand stehen sehen. Er ist ein Anhalter und möchte mitgenommen werden. Nimm ihn mit nach Hause. Er soll bei dir übernachten." Ich hatte vorher schon Gottes Stimme gehört, und deshalb wusste ich, dass er es war, der zu mir gesprochen hatte. Und tatsächlich: Kaum hatte ich die Stimme gehört, sah ich einen Mann am Straßenrand stehen, der den Daumen hochhielt. Ich hielt an, öffnete das Fenster und bot ihm an, in mein

Auto zu steigen. Ich sagte ihm auch, dass Gott mit mir gesprochen und mir ganz deutlich den Auftrag gegeben hatte, ihn mitzunehmen.

Ziemlich überrascht nahm ich zur Kenntnis, dass er dazu überhaupt keinen Kommentar abgab. Er stieg einfach ein. Die Situation kam mir in der Zwischenzeit doch recht merkwürdig vor. *Wieso sollte ich diesen Mann um die 50 denn nun wirklich mit zu mir nach Hause nehmen?* Er redete auf der ganzen Fahrt kaum etwas. Das Einzige, was ich erfuhr, war, dass er so von Ort zu Ort reiste und hier und da Gelegenheitsjobs annahm. Es war seltsam, aber ich hatte keine Angst. Ich wusste, dass ich das Richtige tat.

Als wir spät in der Nacht an meinem Wohnwagen ankamen, öffnete ich die Tür – und Wasser stürzte mir entgegen! Was für ein Schock! Ein Heizungsrohr war geplatzt und mein Wagen stand knöcheltief unter Wasser. Ich war völlig ratlos. *Was soll ich mitten in der Nacht tun? Wer kann mir um diese Uhrzeit helfen?* Ich selbst war kein begabter Handwerker …

Kaum hatte ich die Stimme gehört, sah ich einen Mann am Straßenrand stehen, der den Daumen hochhielt.

Dann traute ich meinen Augen nicht, als mein unbekannter Begleiter plötzlich mit einer Werkzeugtasche daherkam. Ohne ein Wort zu sagen machte er sich daran, das geplatzte Heizungsrohr zu reparieren. Er arbeitete schnell und zielsicher. Kurze

Zeit später konnte ich schon wieder ein Feuer im Ofen machen und die Heizung wieder in Betrieb nehmen. Ich machte uns etwas zu essen und kurze Zeit später saßen wir am Ofen und ließen es uns schmecken. Vor lauter Aufregung fiel mir nicht einmal ein, den Mann nach seinem Namen zu fragen. Aber ich spürte in mir einen tiefen Frieden und eine große Freude.

Nachdem der Mann die Nacht auf meinem Sofa verbracht hatte, fuhr ich ihn am nächsten Morgen zum Bahnhof und drückte ihm noch etwas Geld in die Hand. Das war das letzte Mal, dass ich ihn sah …

Als ich Freunden von diesem Erlebnis erzählte, waren einige davon überzeugt, dass es ein Engel war, der mir da mitten in der Nacht begegnet war. Schon möglich. Immerhin heißt es ja in Hebräer 13,2: „Vergesst nicht, Gastfreundschaft zu üben! Denn ohne es zu wissen haben manche auf diese Weise Engel bei sich aufgenommen.“

Gott hat mir durch diesen Mann jedenfalls wunderbar geholfen. Die Heizungsrohre waren so gut repariert, dass es nicht der geringsten Nacharbeit bedurfte, und der Wohnwagen war schon bald wieder trocken.

Robert Young lebt in der Schweiz, arbeitet als Informatiker und erlebt immer wieder interessante Geschichten mit Gott.

Fester Boden unter den Füßen

Ich wuchs in einer lebhaften christlichen Familie auf, die mir sehr viel Liebe und Anerkennung gab. Aber während meiner Kindheit hatte mein Dad drei Herzoperationen, die alle lebensgefährlich waren. In dieser Zeit war meine ganze Familie sehr angespannt. Meine Eltern hatten mit fünf Kindern viel zu tun und konnten nicht immer so für mich da sein, wie ich es wahrscheinlich gebraucht hätte. Ich erlebte in diesen Jahren wenig Regelmäßigkeit und Struktur und fing an, die starken Verlustängste, die in mir aufkamen, zu verdrängen. Nach außen hin war ich ein fröhliches Kind, aber ich konnte nicht allein sein …

Deswegen hatte ich immer eine allerbeste Freundin, mit der ich wirklich alles zusammen machte, und fing auch schon in sehr jungem Alter Beziehungen mit Jungs an. Dieses Verhalten zog sich durch meine gesamte Jugend. Wenn ich unter Leuten war, wusste ich, wer ich bin. Aber sobald ich allein war, konnte ich nichts mit mir anfangen. Innerlich war ich sehr einsam, und es fiel mir schwer, eine lebendige Beziehung zu Gott aufzubauen – auch weil einige Christen, die es gut meinten, mir gesagt hatten, dass Gott meine Jungsgeschichten nicht gutheißt. Sie hatten damit zwar vielleicht nicht mal unrecht, setzten jedoch falsch an. Denn sie sahen die Ursache für mein Verhalten nicht: Immer wenn ich Gott nicht spürte, begann ich eine Beziehung mit jemandem. Sobald ich ihn wieder wahrnahm, beendete ich die Beziehung in vollster Überzeugung, mein Leben ganz auf Gott aufbauen zu wollen. Dann spürte ich ihn wieder nicht – und das Ganze fing von vorne an. Außerdem hatte ich fast nur nicht christliche Freunde. Ich hielt mich kaum zu Hause auf. Von außen betrachtet wirkte diese Zeit meiner Jugend lustig, denn ich habe zu den „Coolen" gehört und war bei allem möglichen Mist dabei. Aber innerlich war ich oft sehr einsam und traurig.

Mit 21 hatte ich eine wirklich schöne Beziehung, die mir guttat. Aber als ich erkannte, dass ich trotz des tollen Mannes innerlich einsam war, sagte ich zu Gott: „Okay, du darfst mir zeigen, dass es bei dir mehr gibt … und dann gebe ich dir mein Leben in die Hand."

Eine Woche später lag ich im Bett und war gerade am Einschlafen, als auf einmal alles hell wurde. Sechs Gestalten, die hell strahlten, standen um mich herum. In diesem Moment war ein Friede in meinem Herzen, wie ich ihn noch nie gespürt hatte. Es gab nichts für mich zu tun als zu „sein" und zu genießen, wie gut alles war. Alles fühlte sich offen und weit und herrlich an. Friedlich schlief ich ein.

Am nächsten Morgen wusste ich, dass mein Leben ab jetzt diesem Gott gehörte, weil er alles hat, was ich brauche. Jedoch wollte ich den Mann, mit dem ich zusammen war, nicht verletzen. Ich hatte in meiner Vergangenheit oft sehr abrupt mit Männern Schluss gemacht, ohne etwas zu erklären oder ihnen irgendeine Chance zu geben. Diesmal wollte ich es anders machen. Ich sagte zu Gott: „Bitte sorg dafür, dass mein Freund von sich aus Schluss macht, dass es keine Dramatrennung wird und wir beide gut damit klarkommen."

Genau das hat Gott getan. Für mich war das ein absolutes Wunder, denn mein damaliger Freund war fest davon überzeugt, dass er mich heiraten wolle. Als ich ihm aber sagte, dass ich keinen Nichtgläubigen heiraten wolle, beendete er die Beziehung, da sie ein „Fass ohne Boden" sei. Wir kamen beide relativ unverletzt aus der Beziehung heraus.

Trotz dieses Wunders war ich im nächsten Jahr noch oft einsam und versuchte weiter, meine Sehnsucht nach Nähe bei Männern zu stillen. Kurz nachdem ich meine letzte Beziehung beendet hatte, interessierte sich ein Mann für mich. Er war Christ, musikalisch, draufgängerisch, männlich, schön, kam aus einer tollen Familie, hatte viele christliche Freunde und einen sozialen Beruf. Ich dachte, ich hätte diesmal Glück. Wir trafen uns ein paarmal und ich verliebte mich. Auf der Heimfahrt fragte ich Gott: „Was passiert, wenn ich mich für ihn entscheide?" Seine Antwort kam sofort: „Es wird schmerzhaft."

Ich wusste irgendwie, dass dieser Gedanke nicht von mir selber kommen konnte, da ich in dem Moment Hals über Kopf verliebt war und dachte, er könne nur „der Richtige" sein. Also redete ich mir ein: „Es wird nicht deshalb schmerzhaft, weil die Beziehung kaputtgeht, sondern weil uns irgendein Schicksalsschlag treffen wird." Doch die Beziehung ging nach drei Monaten kaputt. Und ich war wirklich am Ende. Es tat so weh. Ich hatte mein ganzes Leben lang gedacht, dass ich den ersten Christen, mit dem ich zusammen bin, heiraten würde – und hatte deshalb mein ganzes Herz unvorsichtig in diesen Mann investiert.

Immer wenn ich Gott nicht spürte, begann ich eine Beziehung mit jemandem.

Dabei hatte Gott mich gewarnt. Aber ich hatte nicht genug Vertrauen in das, was er mir sagte. Daher verurteilte ich mich selbst und dachte, dass mir das ganz recht geschehen sei, weil ich selten darauf hörte, was Gott zu mir sagte. Aber eines Abends, als ich traurig dasaß, sprach Jesus zu mir und sagte: „Es tut mir so leid. Ich spüre deinen Schmerz und ich weine jede Träne mit dir." Ich konnte es kaum glauben, wie viel Gnade und Liebe er für mich hatte! Überwältigt musste ich feststellen, dass kein „Hab ich dir doch gesagt!" kam, sondern einfach seine übernatürliche Liebe. Es tat so gut, dass er mit mir weinte und meinen Schmerz teilte!

Dennoch durchlebte ich danach eine Zeit, in der ich wenig positive Gefühle hatte. Irgendwas in mir war abgestorben und ich hatte keinen Zugang mehr zu meinem Innersten. Es gab zu viele schmerzende Verletzungen in mir, die ich selber verschuldet hatte. Deshalb sagte ich zu Gott: „Bitte nimm mir die innere Einsamkeit, damit ich nicht mehr von meinen momentanen Gefühlszuständen abhängig bin."

In der folgenden Zeit war es, als setzte er auf wundersame Weise einen Deckel auf meine Verletzungen – und ich konnte plötzlich alleine sein! Nun hatte ich viel Zeit herauszufinden, wer ich in Gottes Augen bin, wer Gott ist und was er alles für mich bereithält. Ich fing an, meine Talente zu entwickeln, und Gott schenkte mir christliche Freunde. Er gab mir eine geistliche Grundlage, sodass ich nicht mehr wie ein Fähnchen im Wind wehte, abhängig und getrieben von jeder Gefühlswallung, sondern fest stehen konnte wie auf einem Fels, unumstößlich. Das Ganze hört sich jetzt supertoll an, war es aber oft nicht. Es gab viele Momente, in denen Gott nicht geredet hat und ich auf Dinge warten musste, bis sie klar wurden. Es war auch nicht so, dass die Wende kam und danach alles gut war. Aber es ging nicht mehr ganz hoch und wieder ganz runter, wie in einer Achterbahn der Gefühle, sondern stetig bergauf, mit ihm an meiner Seite.

Als ich dann ein wirklich festes Fundament unter den Füßen hatte, fing Gott an, den Deckel abzuheben und die Verletzungen aus meiner Vergangenheit anzurühren, um mich zu heilen, damit ich mit ihm weitergehen konnte. Der Prozess ging über drei Jahre und war oftmals sehr schmerzhaft. Dennoch fühlte ich mich so geborgen und getragen wie noch nie zuvor in meinem Leben.

Ich habe nun das Vertrauen, dass er immer mein Bestes will und folge daher immer mehr seinem Plan für mich. Ich freue mich an der Frau, die er geschaffen hat. Er ist treu und gibt einem die Zeit, die man braucht, um wieder ganz zu ihm zurückzukommen. Bei ihm ist keine Situation aussichtslos und er kennt uns besser, als wir uns selbst kennen. In seinem Arm gibt es die Geborgenheit, die einem sonst niemand geben kann, und viel mehr Gnade, als man selbst für sich hat.

Elisabeth hat im Herbst 2014 Daniel geheiratet und freut sich unglaublich, jetzt eine Beziehung zu führen, die auf Gottes festem Grund gebaut ist. Sie lebt und studiert in Reutlingen, liebt Do-it-yourself-Projekte und die große weite Welt.

Kokosnüsse und andere brasilianische Besonderheiten

Als ich durch den Sicherheitsbereich am Flughafen gehe und meine Familie hinter mir lasse, merke ich endgültig: Nun gibt es kein Zurück mehr – ein Jahr Zivildienst in Brasilien liegt vor mir! Was wird mich beim Straßenkinderprojekt *Levante*, bei dem ich mitarbeiten darf, erwarten? Welche Aufgaben kommen auf mich zu? Sicherlich, vier Seminarwochen haben dafür gesorgt, dass ich mich zumindest theoretisch vorbereitet fühle – aber der Praxistest steht noch aus.

Christoffer, den ich in diesen vier Wochen vor dem Abflug kennengelernt habe und der mit mir beim gleichen Projekt eingesetzt werden soll, steht neben mir und sagt: „Los geht unser Abenteuer!“ Und irgendwie bin ich froh, nicht ganz allein zu sein.

Als ich vor einigen Jahren beschlossen hatte, nach dem Abitur meinen Zivildienst im Ausland zu verbringen, war die Frage nach dem Land erst einmal zweitrangig. Raus aus Deutschland wollte ich, um Neues zu entdecken, mitzuhelfen, wo Hilfe nötig ist, und so vielleicht auch meiner Beziehung zu Gott eine ganz neue Richtung zu geben. Nun also Brasilien, ein Land mit vielen Gegensätzen: traumhafte Sandstrände, begeisternde Menschen, tolle Touristenattraktionen – aber auch unzählige Armensiedlungen, geplatzte Lebensträume, Korruption und verlassene Landstriche.

Als wir am Flughafen in Recife ankommen, schlägt uns extrem schwüle Luft entgegen und es ist wirklich so warm, wie man es überall lesen konnte. Auf uns wartet schon der *Levante*-Mitarbeiter Wilton, der uns zusammen mit einem der Kinder, die dort leben, abholt – und die erste Herausforderung: Während wir eine einstündige Fahrt zum Projekt vor uns haben, sitzt Chris vorne im Auto und versucht, sich mit Wilton auf Englisch und Deutsch zu unterhalten. Ich sitze mit Isaque auf der Rückbank und merke zum ersten Mal, was fehlt, wenn man nicht die gleiche Sprache spricht. Durch das Lernen fürs Abitur und all die Reisevorbereitungen blieb keine Zeit mehr, um auch Portugiesisch zu lernen; und so kann ich mich lediglich mit meinem Namen vorstellen – und dann ist unser Gespräch auch schon wieder beendet. Ich probiere es mit einfachen deutschen oder englischen Wörtern, in der Hoffnung, dass man die auch hier in Brasilien versteht – aber keine Chance: Isaque bemüht sich redlich und wir haben viel Spaß dabei, aber verständigen können wir uns nicht.

Als ich später am Abend beim Abendessen mit zehn Kindern sitze, kommen mir zum ersten Mal meine

Zweifel: Hätte ich mich mehr darum bemühen sollen, die Sprache zu lernen? Wie kann ich hier eine Hilfe sein, wenn ich mich noch nicht einmal ausdrücken kann? Bin ich überhaupt richtig hier?

Direkt nach dem Essen schnappe ich mir das Portugiesischbuch, das unsere Vorgänger uns freundlicherweise überlassen haben, und fange mit dem Vokabellernen an. Die Anfangseuphorie gilt es schließlich auszunutzen, solange sie noch da ist, denke ich mir. Chris geht es ähnlich: Auch er hat beim Abendessen lediglich die Namen verstanden. Dennoch sind wir begeistert von der Freude der Kinder und ihrer unkomplizierten Art. Sie haben schon viele Freiwillige kommen und gehen sehen und freuen sich, nun wieder zwei neue Spielkameraden begrüßen zu dürfen.

Auf dem Gelände leben insgesamt bis zu 20 ehemalige Straßenkinder, denen geholfen werden soll, einen Weg in ein besseres Leben zu finden. Während Chris mit Jugendlichen im Ort nebenan arbeitet, lerne ich den Gärtner des Geländes kennen: Eri ist ein sehr geduldiger Zeitgenosse und führt mich in alles ein, was es hier täglich zu erledigen gibt. Meine Aufgabe in den nächsten Wochen wird es sein, ihn vormittags zu unterstützen. Ich denke an meine Mutter und ihre emsigen Bemühungen, mich für Gartenarbeit zu gewinnen, die sie irgendwann an den Nagel hängte, weil wir uns eingestehen mussten, dass ich wirklich zwei linke Hände hatte. Ausgerechnet ich soll nun dem Gärtner zur Hand gehen? Es seien keine schwierigen Aufgaben, sagt er mir – und wir verabreden uns für den nächsten Tag schon um 6:00 Uhr morgens, da sei es noch nicht so warm und man könnte viel besser arbeiten … Gartenarbeit! Um 6:00 Uhr morgens! Irgendwie hatte ich mir den Beginn meines Brasilienjahres anders vorgestellt.

Natürlich – die Sprache beherrsche ich nicht, und so macht es Sinn, dort zu helfen, wo Hilfe gebraucht wird. Und rund um das Gelände gibt es tatsächlich einiges zu tun. Wollte ich mich nicht von Gott gebrauchen lassen? Mir kommen erste Zweifel, ob meine Demut tatsächlich so aufrichtig ist. Vermutlich nicht. Viel lieber würde ich Zeit mit den Kindern verbringen, beim Kochen helfen, Theater spielen – aber stattdessen finde ich mich auf einer Kokospalmenplantage wieder, sammle verfaulte Kokosnüsse auf und fahre sie mit einer Schubkarre auf einen Haufen, wo sie anschließend verbrannt werden. Ich mache Bekanntschaft mit beißenden Ameisen, arbeite meistens allein, während die anderen (außer Eri) noch schlafen, und frage mich zunehmend, was meine Arbeit wohl bringt: Was macht es für einen Unterschied, dass das Gelände von Kokosnüssen oder Palmenzweigen gereinigt ist, wenn es nach einigen Tagen sowieso wieder genau wie vorher aussieht? Ist das eine Arbeitsbeschaffungsmaßnahme für einen deutschen Abiturienten, der einmal lernen soll, wie richtiges Arbeiten aussieht? Ich beschwere mich nicht laut und tue, was man mir aufträgt, hadere aber innerlich mit meinem Stolz.

Ich beschwere mich nicht laut und tue, was man mir aufträgt, hadere aber innerlich mit meinem Stolz.

Trotzdem lerne ich nach und nach auch die Vorzüge der Arbeit kennen: Wer früh mit dem Arbeiten beginnt, kann auch früher aufhören. Und so bleiben mir die Nachmittage für ausgiebiges Spielen mit den Kindern, die ich mit der Zeit immer besser kennenlerne. In den Pausen gibt es frisches „Aqua de Coco“ (Kokosnussmilch) und ich merke, dass Gartenarbeit auch Spaß machen kann. Zum Beispiel wenn man (mangels Rasenmäher) mit einer Gartensichel das Fußballfeld vom übermäßigen Rasenwuchs befreit und anschließend merkt, was man geschafft hat.

Dennoch bleiben Fragen: Wieso muss ich die Geräte putzen, die doch sowieso schon so lange nicht mehr in Gebrauch waren – und es vermutlich auch nicht wieder sind? Muss tatsächlich jede Woche die Terrasse aufwendig unter Wasser gesetzt werden, obwohl sie nicht erkennbar schmutzig ist? Mit der idealistischen Naivität eines 19-Jährigen kann ich manches nicht verstehen, was die brasilianischen und deutschen Mitarbeiter schon so lange machen und was sich irgendwie bewährt zu haben scheint.

Mit der Zeit komme ich immer besser in die Sprache hinein, sodass sich meine Arbeitszeiten auf der

Plantage verringern und ich auch mal zum Frühstückmachen eingeteilt werde – denn wach bin ich meist sowieso schon sehr früh. Je besser ich die Kinder kenne, desto mehr Verantwortung bekomme ich, und nach den ersten drei Monaten fühlt sich *Levante* tatsächlich schon wie ein neues Zuhause an.

Aber nicht alle Kinder, die mit uns leben, schaffen den Sprung von der Straße hin zu einem verantwortungsvollen Leben. Die Leiter des Projektes müssen auch immer wieder einige Rückschläge verkraften. Und wieder habe ich Fragen: Macht es Sinn, an einem Projekt festzuhalten, wenn es doch so viele Kinder gibt, die auch Hilfe benötigen, sie allerdings nicht bekommen? Macht es Sinn, jemandem zu helfen, obwohl man eben nicht weiß, ob dieser die Hilfe auch wertschätzt und den eingeschlagenen Weg weitergeht?

Als ich eines Morgens mit zwei der Kinder zum Strand jogge und ihnen beim Toben und Schwimmen im Meer zuschaue, fällt mir eine Geschichte wieder ein, die ich mal gehört habe: Ein kleiner Junge ist an einem Strand, an dem ganz viele Seesterne angespült werden. Einzeln hebt er jeden der Seesterne auf und wirft ihn zurück ins Meer. Auf einmal kommt ein alter Mann vorbei und sagt: „Was machst du denn da, das bringt doch gar nichts – mit jedem Wellengang werden doch wieder neue Seesterne an den Strand gespült. Was du da tust, das ändert doch nichts!“ Der kleine Junge schaut den Mann eine Zeit lang an, bückt sich dann, hebt einen

Seestern auf, wirft ihn zurück ins Meer und sagt: „Für diesen einen Seestern ändert es alles."

Das scheint mir die Philosophie eines solchen Projektes zu sein: alles zu ändern für genau das *eine* Kind, den *einen* Jugendlichen in diesem *einen* Moment. Gottes Liebe weitergeben – und das bedingungslos, da, wo man gerade steht. Immer wieder muss ich daran denken, während ich zum wiederholten Mal in einer Woche Kokosnüsse sammle und sie auf einen Haufen verfrachte.

Und dann passiert etwas, das mir klarmacht, weshalb diese Aufgabe keineswegs eine reine Arbeitsbeschaffungsmaßnahme ist, sondern einen wichtigen Sinn hat: Eines Samstags proben wir gerade mit allen Kindern ein Lied für einen Gottesdienst, als auf einmal ein brasilianischer Mitarbeiter angerufen wird und die Nachricht bekommt, dass es auf unserem Gelände brennt. Durch die lange Trockenzeit ist es nicht ungewöhnlich, dass es in diesem Teil von Brasilien immer mal zu plötzlichen Feuern kommt. Schnell machen wir uns auf den Weg und versuchen das Feuer zu bändigen. Einige Zeit später hilft auch die Feuerwehr. Der Schaden ist überschaubar. Wir haben Glück gehabt. Und dann erklärt man mir: Wären noch mehr Kokosnüsse auf dem Gelände verstreut gewesen, hätte sich das Feuer viel schneller ausgebreitet …

Ich bin beschämt, meine Arbeit so angezweifelt zu haben, und mir wird klar, dass meine Hilfe hier vor allem dann am größten ist, wenn ich mich an die Aufgaben halte. Und dass ich an genau dem Platz einen Unterschied machen kann, an dem ich gerade stehe. Auch wenn es mir nicht sofort sinnvoll erscheint …

Pascal Würfel versucht gerade, mit seinen zwei linken Händen in Heidelberg einen kleinen Kräutergarten anzulegen. Nur Kokosnüsse wachsen da leider keine …

Schutzengel auf Skiern

Ich war 17 Jahre alt und verbrachte mit meinen drei Freundinnen einen unvergesslichen Skiurlaub in der Schweiz. Die Eltern einer meiner Freundinnen hatten uns für eine Woche ihr Chalet in den Schweizer Alpen angeboten, um dort Urlaub zu machen. Weil wir alle wenig Geld hatten, nahmen wir dieses Angebot dankend an. Es waren sehr schöne Tage. Das Wetter spielte mit, wir konnten jeden Tag Ski fahren und genossen die Zeit so richtig.

Am letzten Tag beschloss ich, mich von der Gruppe zu trennen, um das gesamte Skigebiet der Aletsch-Arena kennenzulernen: ein sehr großes Skigebiet, das sich aus mehreren Gebieten zusammensetzt, die alle durch Lifte erreichbar sind. Es war ein herrlicher Tag, und weil die Abreise bevorstand, begeisterten mich die Berge, der Schnee und das wunderbare Wetter noch mehr als in den Tagen davor. Ich wollte alles nochmals in vollen Zügen auskosten. Hätte ich allerdings gewusst, was mich in den kommenden Stunden erwartete, dann wäre ich morgens gar nicht erst aufgestanden …

Ich war eine geübte Skifahrerin und nahm es als Herausforderung, noch so viel wie möglich mit meinen Skiern zu erkunden. Und so fuhr ich von einer Liftstation zur nächsten – und vergaß dabei die Zeit. Als ich irgendwann auf die Uhr sah, wurde mir bewusst, dass ich mich schleunigst auf den Heimweg machen musste, wenn ich vor Einbruch der Dunkelheit zurück sein wollte. Ich weiß nicht mehr, wie viele Lifte und Abfahrten ich hinter mich brachte, immer überzeugt davon, auf dem richtigen Weg zu sein ... Erst als es bereits dämmerig war, merkte ich, dass ich mich hoffnungslos verfahren hatte!

Anstatt mich zu erkundigen oder mir eine Karte zu besorgen, glaubte ich einfach nur, dass die Lichter unten im Tal mein Ziel sein mussten. Ich war schon sehr müde und feuerte mich in Gedanken selber an: „Da musst du jetzt noch runter, dann hast du es geschafft!"

Im Stillen betete ich, dass ich diese bevorstehende Talfahrt heil überstehen würde, und machte wahrscheinlich keinen sehr glücklichen Eindruck. Denn plötzlich sprach mich ein Mann an: „Hast du vor, diese Strecke hinunterzufahren?" Als ich bejahte und ihm erklärte, dass ich eigentlich gar keine Zeit hätte, mich mit ihm zu unterhalten, schaute er mich nur an. Dann sagte er: „Wenn du hier hinunterfährst, dann landest du in einem unwegsamen, felsigen Gebiet, das keinesfalls mit den Skiern zu bewältigen ist. Die Piste endet und du steckst im Tiefschnee fest, wenn du nicht vorher abstürzt."

Ich konnte das Gehörte kaum fassen: Wenn er recht hatte, wäre ich fast zu meiner wirklich „letzten" Abfahrt aufgebrochen! Ich erklärte dem Fremden meine Situation. Daraufhin sagte er zu mir: „Vertrau mir, ich kenne mich hier aus, ich bringe dich nach Hause." Total erschöpft und mit ein paar Zweifeln, aber auch unglaublich erleichtert, ließ ich mich darauf ein – und fuhr ihm hinterher.

> **Im Stillen betete ich, dass ich diese bevorstehende Talfahrt heil überstehen würde.**

Auf dem Rückweg wurde mir bewusst, wie weit ich mich von unserem Skigebiet entfernt hatte. Manche Lifte wollten schon schließen, doch der Mann hielt Wort und brachte mich wirklich zurück. Er erzählte mir, dass er jedes Jahr in dieser Region seinen Urlaub verbringen würde und sich deshalb sehr gut auskenne. Darum wusste er auch, dass meine geplante Talabfahrt an dieser Stelle nicht möglich gewesen wäre und fatal geendet hätte. Mir wurde immer deutlicher bewusst, in welcher Gefahr ich mich befunden hatte. Auf meine Frage, wie er denn wieder zurückkommen wolle, meinte er nur, dass ich diese Sorge ihm überlassen solle. Bis heute weiß ich nicht, wie er wieder zurückgekommen ist. Ich weiß nicht einmal seinen Namen.

Für mich war dieser Mann ein Bote Gottes, und auch heute noch, so viele Jahre später, staune ich über die wunderbare Bewahrung. Durch dieses Erlebnis wurde für mich die Verheißung aus Psalm 91,11 ganz real: „Denn Gott hat seine Engel ausgesandt, damit sie dich schützen, wohin du auch gehst." Auf Gottes Wort zu vertrauen und mit seinen Boten zu rechnen – das lohnt sich!

Birgit Krey wünscht sich, auch ab und zu ein Bote Gottes zu sein. Sie liebt die Musik und das Meer und wohnt mit ihrer Familie in Lörrach.

Gott im Wohnzimmer

Das ist ein ziemlich komischer Kerl, denke ich, als mein Blick den jungen Typen im Zugabteil gegenüber streift. *Richtig komisch.*

Mein Bruder und ich sind unterwegs nach Stans, wo meine Frau Tam und ich seit knapp zwei Wochen wohnen. Wir kommen gerade von einem Jugendgottesdienst und freuen uns darauf, nachher in Stans noch etwas wappen zu gehen. Wappen? Ganz richtig, wappen. WAP bedeutet „Walk And Pray" und wappen ist quasi das Tu-Wort dazu: Wir laufen durch die Straßen und beten für alles, was uns in die Arme läuft. Oft landen wir dann irgendwann in einer Bar und beten dort für Leute. Doch heute soll es dazu nicht kommen …

Auf einmal beginnt der komische Typ im Zugabteil gegenüber uns anzuquatschen: „Wisst ihr, wie man den besten Trance-Sound hinbekommt?" Er war anscheinend DJ.

Doch als ich ihn darauf anspreche, stellt er gleich klar: „Nein, ich bin kein DJ! Das ist nur die unterste Stufe, ich bin Resident-DJ!"

Wenn ich ehrlich bin, rede ich eigentlich nur aus Höflichkeit mit ihm. Er hat lange, ungepflegte Haare und blinzelt ständig nervös mit den Augen. Über seinem etwas schmuddeligen T-Shirt mit irgend so einem Metall-Horror-Aufdruck trägt er einen langen, dunklen Mantel. Sein Tipp für den besten Trance-Sound: „Du musst einfach im Hintergrund ganz leise den Sound von einem Porno reinschneiden. Ich sag dir, das machen auch die Profis." Aha! Scheinbar ist nicht nur sein T-Shirt etwas schmuddelig ...

Wir steigen in Stans aus und unser neuer Freund – nennen wir ihn Pascal – kommt mit uns mit. Wir haben ihn nicht eingeladen, aber er folgt uns einfach. Doch das ist mir jetzt auch egal. Ich habe soeben auf einer der Bänke neben den Gleisen zwei junge Frauen erspäht, die miteinander reden. Ich versuche mit ihnen ins Gespräch zu kommen und frage: „Wartet ihr auf den ersten Zug am Morgen?" Schließlich waren wir gerade mit dem letzten Zug in Stans angekommen.

„Wir hängen hier nur etwas ab", antworten sie freundlich und merken natürlich gleich an unserem berndeutschen Akzent, dass wir (zumindest mein Bruder und ich) nicht aus der Gegend kommen. Sofort sind wir im Gespräch über alles Mögliche: das Wetter, das schöne Nidwalden, die Politik, bis mein Bruder und ich erzählen, dass wir Musik machen. Die beiden sind sehr begeistert und interessiert. Sie wollen uns hören und so beschließen wir spontan, sie mit zu unserer Wohnung zu nehmen, die Tam und ich erst neu bezogen haben.

Das würde ich meinen Töchtern garantiert verbieten! Mit sechzehn, siebzehn Jahren nach Mitternacht mit drei Typen nach Hause zu gehen, damit sie ihnen ihre Musik vorspielen können!, denke ich auf dem Weg nach Hause. Aber bei uns besteht ja keine Gefahr, dass ihnen was zustoßen könnte. Zumindest nichts Negatives! 

Zu Hause angekommen setzen wir uns auf unsere nagelneue Polstergruppe und spielen unserem ungewöhnlichen Besuch ein paar unserer Songs vor. Den Mädels, nennen wir sie Hannah und Jenny, gefällt die Musik gut, die mein Bruder und ich aus der Gitarre herausquetschten. Doch plötzlich schießt mir ein Gedanke durch den Kopf: „Das Lied, das wir gerade vorgespielt haben, muss ohne christliche Vorkenntnisse echt komisch klingen: *Vergiss es nie, was du gekostet hast, als er für dich starb …*“ Unser gutes, altes „Christianesisch“! Um die beiden nicht zu verunsichern, erkläre ich kurzerhand, dass wir an Jesus glauben und was es mit dem Kreuz auf sich hat. Und dass wir auch für Kranke beten.

Da meint Jenny: „Ah, dann könnt ihr ja für meine Kniescheibe beten. Sie war mal gebrochen und ist eigentlich verheilt. Doch wenn ich mich hinknie oder Sport mache, schmerzt es immer noch.“

Da hast du nun den Salat!, denke ich, aber jetzt gibt es kein Zurück mehr. Ich darf ihr die Hand aufs Knie legen und für sie beten. Es ist eine kurze Sache: „Danke, Vater, dass du da bist und Jenny jetzt zeigst, wie gern du sie hast und wie wertvoll sie in deinen Augen ist. Komm mit allem, was du hast. Mit deiner ganzen Kraft, deiner Herrlichkeit und Vollmacht. Knie, sei jetzt einfach gesund und Schmerz, geh jetzt und komm nie wieder. Im Namen Jesu. Amen."

Nach dem Gebet steht Jenny unaufgefordert auf. Sie kniet sich auf das Nussbaumparkett, hebt die Arme, zuckt mit den Achseln und meint wie selbstverständlich: „Hm? Es ist gut."

Ich selbst bin etwas verblüfft. Ich hatte beim Beten eigentlich nicht wirklich geglaubt, dass das funktionieren würde. Schon gar nicht, dass die Schmerzen sofort weg sind.

Hannah ist sichtlich berührt davon, was mit Jenny gerade geschehen ist: Tränen schimmern in ihren Augen. Damit hat sie wohl nicht gerechnet. Wir quatschen weiter und mein Bruder und ich erzählen die ganze Geschichte, wie wir Gott begegnet sind, wie Jesus unser Leben verändert hat und wie wir nach Stans gekommen sind. Beim Erzählen kommt mir wieder ein Gedanke: „Frag Hannah, ob sie weiß, weshalb Jesus sterben musste." Er hört sich an wie einer meiner ganz normalen Gedanken – nur, dass er mich eben zu etwas auffordert. Komisch. Die beiden haben vorher erzählt, dass sie im Kommunions- und Firmunterricht der katholischen Kirche gewesen sind. Sie kennen wahrscheinlich die ganze Geschichte mit Jesus und auch ihre theologische Deutung. Trotzdem ist da dieser Gedanke.

Ich frage Hannah also einfach, ohne über den Sinn oder Unsinn der Frage weiter nachzudenken. Und tatsächlich weiß sie gar nicht genau, was es mit dem Kreuz auf sich hat. Wow. Bin ich froh, gefragt zu haben! Nun kann ich ihr die ganze Story erzählen – von Adam bis zur Offenbarung, von Jesus, seinem himmlischen Vater und seiner unglaublichen Liebe für uns und diese Welt.

Ich hatte beim Beten eigentlich nicht wirklich geglaubt, dass das funktionieren würde.

Mitten im Gespräch meint Pascal, der bisher kaum etwas gesagt hat, er habe auch noch ein Anliegen, für das man beten könnte. Wir sind gespannt. Eigentlich erwarte ich irgendetwas Krasses. Bei seinem Aufzug.

Er ist beim Erzählen sogar aufgestanden. „Einer meiner Finger schmerzt schon seit einiger Zeit." Also doch keine so große Sache, aber für ihn scheint es wichtig. Er will erfahren, ob dieser Gott, dieser Jesus, auch ihn berühren wird.

Mein Bruder betet für ihn. Auch hier weichen die Schmerzen sogleich. Wie wunderbar! Gott zeigt auch jetzt seine Kraft und Liebe. Wir reden weiter über den Glauben und was es heißt, Christ zu sein. Wobei es mittlerweile eher ein Vortrag unsererseits ist. Hannah, Jenny und Pascal sind neugierig, überrascht, begeistert und saugen alles in sich auf, was wir erzählen, als hätten sie sich schon immer gewünscht, mehr von diesem

Jesus zu erfahren! Bis jetzt scheint das Einzige, was sie aus dem Religionsunterricht mitgenommen haben, eine Reise nach Assisi gewesen zu sein und da standen mehr die abendlichen Feiern mit den Klassenkameraden im Vordergrund als der Glaube. Gebannt hören sie zu bis morgens um 5:30 Uhr.

Am nächsten Nachmittag lese ich auf der Facebook-Pinnwand von Jenny: „Wunder geschehen, ich habs gesehn!" Hannah kommentiert kurz darauf: „Ich habs auch gesehen! Das war krass mit deinem Knie. Der Papi hat uns wohl wirklich gerne!" Ich kämpfe vor Rührung mit den Tränen, springe vor Freude auf und ab und rufe: „Hammer! Apostelgeschichte live, und das in meinem Wohnzimmer!"

Eine Stunde später schreibt Jenny noch einen Pinnwandeintrag: „Schon mal aus dem McDonald's als Big Mac rausgekommen?" Das war meine Erklärung, dass es mehr braucht, als ab und zu in eine Kirche zu gehen, um Christ zu sein. Ich hatte ihnen gesagt: „Du bist nicht automatisch ein Christ, wenn du in der Kirche sitzt. Du bist ja auch kein Big Mac, wenn du im McDonald's sitzt." Sie schienen die Sache echt verstanden zu haben. Und Gott hatte mich dazu gebraucht, um den dreien zu zeigen, dass er sie liebt und sich eine Beziehung mit ihnen wünscht.

Echt spannend, wie Gott aus schrägen Begegnungen wie aus dieser mit Pascal was Wunderbares entstehen lassen kann. Pascal und ich sind seitdem befreundet und die Vorurteile, die ich ihm gegenüber im Bahnabteil hatte, sind verflogen. Auch Jenny ist immer wieder mal bei uns anzutreffen. Das, was wir mit Jesus im Wohnzimmer erleben durften, scheint in ihr eine Tür aufgestoßen zu haben und sie will mehr von diesem wunderbaren Jesus erfahren.

Evangelisation war bis dahin gar nicht mein Ding. Ich kann das eigentlich gar nicht. Aber da lebt einer in mir, dieser Jesus, und der, der kann das … Die Erfahrungen der letzten Jahre hier in Stans haben mich gelehrt, dass Jesus sich gerne um schräge Vögel kümmert und mit ihnen abhängt. War ja auch schon in der Bibel so! :-)

Dennis Bitterli gründet zusammen mit seiner Frau und einem kleinen Team in Stans (CH) eine neue Gemeinde und liebt es zu sehen, wie Gott durch sie wirkt und sein Reich auf dieser Welt aufrichtet: www.easyfisch.com

Mein neues Ich

17 Kinder hatten sich an diesem Tag für Jesus entschieden. 17! Und ich war eines von ihnen. An diesem Tag hatten die Freizeitleiter mit uns über Bekehrung gesprochen. Dass das bedeutet, sich Gott zu öffnen und ihn in sein Leben hineinzulassen. Ich verstand es direkt, aber mir fehlte erst der Mut, diese lebensverändernde Entscheidung zu treffen. Ich wollte mich drücken. Aber nichts da! Gott ließ nicht locker – und der Feind auch nicht. Ich konnte den Kampf um meine Seele spüren, der in mir stattfand. Aber die Entscheidung lag bei mir.

Und dann entschied ich mich doch für Gott, weil ich wusste, dass ich nicht ohne ihn leben wollte. Ich wollte ihn in meinem Leben haben. Ich wollte für ihn leben. Dass ich seine Vergebung nötig hatte, war klar. Es hatte sich genug Schuld angehäuft, dass mich dieser Berg niederdrückte. Doch in dem Augenblick, in dem ich Jesus mein Herz schenkte, richtete er mich wieder auf. Die Last war weg. Ich war frei und konnte das in jeder Faser meines Körpers spüren. Unbeschreiblich!

Als das passierte, war ich 12. Aber zu verstehen, was es konkret hieß, mit Gott zu leben – dafür hab ich noch Jahre gebraucht (und die Umsetzung dauert immer noch an ...). Nach meiner Entscheidung wollte ich eigentlich, dass jeder weiß, dass ich nun mit Gott lebe. Ich wollte eigentlich jeden Tag beten und in der Bibel lesen. Ich wollte eigentlich ein besserer Mensch werden. Eigentlich. Aber wie ging das und was bedeutete das überhaupt? Ich war verwirrt, weil ich nicht wusste, worauf es wirklich ankam. Leider wusste ich auch nicht, wen ich fragen konnte. Ich hatte den vagen Eindruck, dass es darum ging, ein guter Mensch zu sein, also brav und opferbereit. Und natürlich musste man viel über die Bibel wissen und na ja … aussehen wie ein Christ. Das Problem war nur: Ich lebte in zwei Welten und war hin und her gerissen.

Auf der einen Seite waren meine frommen Freunde, die Jungscharstunden, die Gottesdienste, meine gläubige Mutter und auf jeden Fall auch mein persönlicher Glaube an Gott. Auf der anderen Seite standen meine Freundinnen aus der Schule, die nichts mit Gott zu tun hatten. Und mit ihnen sah ich mir gern Filme an, schminkte mich und zog enge Hosen an – alles das, was meiner Prägung nach nicht mit dem Glauben vereinbar war. Heute weiß ich, dass es Gott nicht um Äußerlichkeiten geht, sondern um mein Herz. Aber damals hat mich das alles sehr verwirrt. Als ich versuchte, diese beiden Welten zu vereinen, indem ich meine Freundinnen zusammenbrachte, schien das auch nicht richtig zu sein, denn meine Christenfreundin durfte meine nicht gläubige Freundin nicht besuchen. Und irgendwann durfte sie auch nicht mehr zu mir, weil ich wohl auch nicht dem Idealbild entsprach, das ihre Eltern von einem christlichen Mädchen hatten. Sie hatten wahrscheinlich Angst, dass ich ihre Tochter auf die andere Seite ziehen würde. Auf welche Seite gehörte ich also?

Als ich 15 war, lernte ich Christen kennen, die anders waren als die meisten, die ich bisher gekannt hatte. Ich fühlte mich angenommen und herausgefordert, wenn ich mit ihnen zusammen war. Ging es im Glauben also gar nicht um Regeln und gute Taten? Konnte es wirklich mehr geben?

Ging es im Glauben also gar nicht um Regeln und gute Taten?

Langsam begriff ich, was Christsein wirklich bedeutet: eine Beziehung zu Gott haben! Freundschaft. Liebe. Zu Hause sein. WOW! Warum hatte mir das vorher niemand gesagt? Dass Gott mich liebt, so wie ich bin! Dass ich ihm nichts beweisen und auch nicht in irgendeine Schablone passen muss!

Diese Erkenntnisse verliehen mir einen geistlichen Aufschwung. Ich hatte das Gefühl zu fliegen. Und ich konnte kaum fassen, was nun passierte: Ich betete und las in der Bibel – jeden Tag! Nicht, weil ich mich unter Druck gesetzt fühlte, sondern weil ich es wollte und liebte! Ich liebte meinen Gott! Ich kämpfte für ihn, sei es in Diskussionen mit meinen Freundinnen in der Schule oder im Religionsunterricht mit meinen Lehrern. Ich war so mutig! Und ich konnte auch nicht schweigen, wenn gerade wieder Blödsinn über Gott verbreitet wurde.

Die Liebe Gottes erfüllte mein Herz und entfachte nicht nur die Leidenschaft für Jesus, sondern ließ auch die Mauern um mein Herz bröckeln, die sich im Laufe der Zeit aufgebaut hatten. Jede Verletzung durch meine Familie oder meine Freunde, jede Träne, die ich heimlich im Badezimmer vergossen hatte, hatte als Stein in der Mauer gedient. Doch ganz langsam verstand ich nun, dass ich aufhören konnte, mich selbst zu schützen.

Ich begann mit meinen neuen Freundinnen für Dinge zu beten, über die ich noch nie geredet hatte. Am Anfang hat das ziemlich lange gedauert, weil ich vor lauter Schluchzen nicht reden konnte. Aber es tat so gut. Es war wieder ein großer Schritt in Richtung Freiheit. Meine angestauten Tränen hatten endlich freien Lauf. *Warum bin ich überhaupt auf der Welt?* Diese Frage erhielt nun eine Antwort: *Weil Gott mich wollte!* Ich wurde offener, selbstbewusster und vor allem wuchs meine Liebe zu Jesus.

Doch diese Veränderung kam nicht bei jedem so gut an. Ein Mensch, der mir sehr nahe stand, sagte mir in dieser Zeit, dass ich mich verändert hätte – aber seiner Ansicht nach nicht positiv. Das verletzte mich tief und ich fragte mich, ob das stimmte.

Ich wollte so gerne perfekt sein und merkte selbst, dass ich das noch lange nicht war. Die Zeiten, die ich mir fürs Gebet nahm, wurden seltener. Und eines Abends warf mir meine Schwester an den Kopf, ich sei eine Heuchlerin, weil ich zu Hause anders war als in der Gemeinde. Wir hatten einen schrecklichen Streit. Was war denn nur passiert? Versuchte ich nicht mein Bestes? Würde das nie reichen? Was war mit „Was vorher war, ist vergangen, etwas Neues hat begonnen“, so wie es in 2. Korinther 5,17 steht? Wo blieb die neue Regina? Und selbst als ich schon am Bibelseminar Bonn studierte, hieß es manchmal: „Und du willst Bibelschülerin sein?!“

Immer wieder fühlte ich mich dreckig und verloren, wenn ich Fehler machte, Menschen verletzte und gegen meine Überzeugungen handelte. Ich hatte das Gefühl, jeden Tag mit derselben Schuld zu Gott zu kommen und um Vergebung zu bitten. Warum wurde ich nicht endlich besser? Ich war zwar ein Stück weit aufgeblüht, aber es gab immer noch so viel Schuld und Verletzungen, die mir zu schaffen machten und von denen ich dachte, dass ich sie aus eigener Kraft in den Griff kriegen müsste …

Immer wieder geriet ich in einen Strudel aus Selbstzweifeln, Versagensängsten und Verwirrung. Immer noch orientierte ich mich stark an anderen Menschen. Immer noch war mir meine eigene Leistung wichtig. Ich wusste nicht so recht, wer ich war. Und je mehr ich erkannte, wer ich war, desto weniger wollte ich ich sein.

Ich fand das echt deprimierend: Jedes Mal wenn ich das Gefühl hatte, in meinem Glauben fester geworden und Gott ein Stückchen nähergekommen zu sein, wartete schon das nächste Tief auf mich. Wieder war ich hin und her gerissen, denn einerseits hatte ich meine Erfüllung in Gott gefunden und andererseits fühlte ich mich als Versagerin.

Doch dann traf Gott mich wieder mit seiner Liebe mitten ins Herz: In den dunkelsten Tiefen meines Lebens war er nah an meiner Seite. Er hatte mich nicht verlassen – trotz meiner Unvollkommenheit. Und als ich wirklich nichts mehr sah außer einer dunklen Wolke, hab ich ihn gespürt. Er war in mir. Und um mich herum. Er war immer da gewesen! Das half mir zu verstehen, dass ich Gott nichts beweisen brauche und auch die Meinung anderer Menschen völlig egal ist. In erster Linie geht es um ihn. Und je mehr ich ihn erkenne, desto mehr weiß ich, wer ich eigentlich bin. Schließlich lebt er nun in mir und prägt mein neues Ich. Gott hat mich neu gemacht. Er hat mich neu „erschaffen", wie es in 2. Korinther 5,17 steht: „Gehört jemand zu Christus, dann ist er ein neuer Mensch. Was vorher war, ist vergangen, etwas Neues hat begonnen."

Ich bin eine Königstochter. Bedingungslos geliebt. Ich bin Bürgerin des Himmels und gehöre zur Familie Gottes. Und Gott möchte mich genau so gebrauchen, wie ich bin, um seine Liebe weiterzugeben. Ich brauche mich da gar nicht abmühen. Ich hatte mich bloß noch immer mit meinen alten Augen gesehen.

Regina Neufeld lebt mit ihrer Familie in Bornheim. Sie ist die Leiterin der Mädchenarbeit lily white (www.lily-white.de) und eine der Autorinnen des Andachtsbuches „Unendlich geliebt".

Wertvoll – auch ohne Applaus

Schon während meiner Kindheitsjahre in Kanada hatte ich stets das Gefühl, nicht der Norm zu entsprechen. Ich hatte den Eindruck, nicht normal, ja seltsam zu sein. Während andere Kinder draußen spielten, saß ich im Haus vor der Stereoanlage und hörte klassische Musik. Wenn die Jungen in der Nachbarschaft oder in der Schule Hockey, Fußball oder andere Mannschaftsspiele spielten, war ich nie dort anzutreffen. Ich war befangen und schämte mich für mein Aussehen und meine mangelnde Sportlichkeit. Das Leben nahm ich sehr ernst und fand es schwierig, über mich selbst zu lachen. Ich sang total gern, war aber auch darin scheu und sang nur, wenn ich glaubte, dass mir niemand zuhörte. (Ich sang, wenn ich mit dem Staubsauger durchs Haus wirbelte, weil ich glaubte, der Lärm des Staubsaugers würde meine Stimme übertönen. Jahre später erzählte mir meine Mutter, dass das nicht stimmte. Jeder konnte mich singen hören, als ich vom Gegenteil überzeugt war. Wie peinlich!)

Nach der fünften Klasse zog ich mit meiner Familie nach Kalifornien. Mein Vater war Pastor und wollte seine theologische Ausbildung an einem Seminar in Fresno vervollständigen. Während jener Jahre wurde mein Selbstbewusstsein noch geringer und meine Unsicherheit noch größer. Es war die heikle Zeit, in der sich der Körper eines jungen Menschen verändert und meine hormongesteuerten Gefühle wurden noch intensiver. Heute lache ich darüber, doch damals „verliebte" ich mich in jedes Mädchen, das ein freundliches Wort zu mir sagte. Ich war die Zielscheibe der Schikanen meiner Mitschüler. Sie verspotteten mich, mieden meine Gesellschaft, schubsten mich herum und manchmal verprügelten sie mich. Ich hasste die Schule und suchte ständig nach Entschuldigungen, um nicht hingehen zu müssen. Ich fühlte mich als Versager und wurde auch als solcher behandelt.

Glücklicherweise hatte ich ein warmes Zuhause mit Eltern, die sich liebevoll um mich kümmerten, doch die Angst vor Ablehnung und die Angst vor anderen Menschen im Allgemeinen zog sich wie ein roter Faden durch mein Leben. Für mich sah es so aus, als ob alle ihr Leben im Griff hatten, außer mir! Ich war ein schlechter Schüler, ein miserabler Sportler, es fiel mir schwer, Freundschaften zu schließen, und als ich mich für die Theatergruppe in der Schule bewarb, wurde ich nicht angenommen. Ich glaubte selbst, ein Versager zu sein.

Doch während jener Jahre in Kalifornien machte ich eine Entdeckung, die mein Leben nachhaltig verändern sollte: das Liederschreiben. Ich hatte Musik schon immer geliebt, allerdings ohne zu wissen, ob ich in irgendeiner Weise musikalisch begabt war. Als eine Freundin meiner Schwester zu uns nach Hause kam und einige einfache, selbst geschriebene Lieder auf unserem Klavier spielte, war ich erstaunt und fragte sie, ob sie mir beibringen könnte, wie man Lieder schreibt. Plötzlich hatte ich ein Interesse, das meine ganze Aufmerksamkeit in Anspruch nahm: Ich begann ganz einfache, elementare Melodien zu schreiben. Meinen Mitschülern erzählte ich nichts davon. Wenn sie herausgefunden hätten, wo meine Interessen lagen, wäre ich erneut die Zielscheibe ihres Spotts, ihrer Verachtung und Schikanen gewesen, ganz zu schweigen davon, dass ich wahrscheinlich vor Scham gestorben wäre. Ich konnte mich den anderen nicht öffnen, es tat zu weh. Die Angst vor Ablehnung war zu groß.

Kurze Zeit später, als mein Vater seine Studien abgeschlossen hatte, zogen wir nach Kanada zurück und ich kam in die neunte Klasse. Ich blieb verschlossen, hatte nur wenige Freunde und vermied Situationen, in denen ich anderen zu viel von mir preisgeben musste. Zu Hause spielte ich weiterhin Klavier und stellte fest, dass ich sehr gut darin war. Ganz allein, nur mit einigen Tipps von meiner musikalischen Mutter, brachte ich mir das Notenlesen bei und spielte bald hervorragend klassisches Klavier. Gleichzeitig schrieb ich immer mehr eigene Lieder. Dann begann ich, meine Liebe zum

Singen mit dem Klavier zu verbinden und schrieb nicht nur Melodien, sondern auch die Texte dazu. Doch nach wie vor sagte ich niemandem etwas davon. Nur meiner Musiklehrerin in der Schule erzählte ich es. Sie zeigte echtes Interesse. Also traute ich mich und spielte ihr einige meiner selbst komponierten Lieder vor. Ich war überrascht von ihrer Unterstützung.

Am Ende des Schuljahres fragte sie mich, ob ich eines meiner Klavierstücke bei der Schuljahres-Abschlussfeier vorspielen könnte. Ich konnte es kaum glauben und sagte zu. Nie zuvor war ich so nervös gewesen wie an jenem Tag. Ich spielte vor der gesamten Schülerschaft. Meine Zusage zu spielen hatte mich schon selbst erstaunt, doch die Reaktion des Publikums überraschte mich noch mehr: Die Leute brachen in donnernden Applaus aus und ich bekam stehende Ovationen. Meine Lehrer und Mitschüler gaben mir diese erstaunliche Bestätigung. Ich war überwältigt!

Diese kleine Vorstellung veränderte mein Ansehen auf unglaubliche Weise. Plötzlich war ich die beliebte Person an der Schule, über die am meisten gesprochen wurde. Mädchen, die mich bisher völlig ignoriert hatten, waren plötzlich richtig nett zu mir. Lehrer, die in mir bisher den scheuen, mittelmäßigen Schüler gesehen hatten, begannen mich als jemand Besonderen zu behandeln. Schüler, die mich als Versager eingestuft hatten, behandelten mich wie eine Berühmtheit. Die Aufmerksamkeit, die mir auf einmal entgegenschlug, war berauschend. Auf einen Schlag hatte ich die Wertschätzung meiner Lehrer und meiner Mitschüler gewonnen, die ich so sehr gefürchtet hatte. Ich war jemand. Ich hatte eine neue Identität und ein neues Ziel. Und ganz plötzlich hatte ich eine Menge Freunde.

So begann die gefährliche Reise, auf der ich meinen Selbstwert davon abhängig machte, wie die anderen mich sahen und was sie über mich sagten. Und die Musik wurde das Mittel, mit dem ich die Liebe der Leute gewinnen konnte.

Während meiner Highschool-Zeit nahm ich an Musik- und Theateraufführungen der Schule teil. Mehrere Lehrer unterstützten mich und nahmen sich die Zeit, mich zu fördern und zu betreuen. Ich besuchte eine sehr große Highschool in der Stadt Winnipeg (700 000 Einwohner), die ein tolles Theaterprogramm mit drei wundervollen Lehrern anbot. Jedes Jahr bereiteten wir eine große Aufführung eines Broadway-Musicals vor und ich erhielt jedes Mal eine wichtige Rolle. Das trug dazu bei, mein Selbstvertrauen massiv zu stärken – solange ich die Bewunderung und Unterstützung meiner Freunde, Mitschüler und Lehrer erhielt. Wenn ich im Mittelpunkt der Aufmerksamkeit stand, war ich voller Energie und in Topform, doch sobald die Bewunderung nachließ, fühlte ich mich leer.

Im letzten Highschool-Jahr wurde ich von einer Reihe von Musikproduzenten beobachtet, die in der Musikszene von Winnipeg bekannt waren. Sie luden mich ein, an Aufnahme- und Werbesong-Sessions teilzunehmen. Ich erhielt ein Budget, um einige meiner eigenen Lieder aufzunehmen, die später zusammen mit einem Interview im nationalen Rundfunk ausgestrahlt wurden. Ich war außerdem regelmäßig bei einem bekannten kanadischen christlichen Fernsehprogramm dabei. All das passierte vor meinem achtzehnten Lebensjahr.

Einerseits waren diese Ereignisse sehr positiv und trugen erheblich zu meiner musikalischen Entwicklung bei, andererseits lernte ich sehr schnell, mich selbst nur wertzuschätzen, wenn ich Erfolg erlebte.

Als ich 18 war, hatte ich die Ehre, mit B. J. Thomas – dem Künstler, der das berühmte Lied „Raindrops Keep Fallin' On My Head" geschrieben hatte – in Westkanada auf Tour zu gehen. Ich flog zum ersten Mal in meinem Leben mit dem Flugzeug. Danach bekam ich mehr und mehr Einladungen, Konzerte zu geben und bei verschiedenen Anlässen zu singen. Zu diesem Zeitpunkt wollte ich professioneller Musiker werden. Ich sang in Klubs und Bars in Winnipeg, um Geld zu verdienen, und daraus ergaben sich wiederum neue Gelegenheiten. Ich war ein Jahr aus der Highschool raus und begann Entscheidungen in Bezug auf meinen Lebenswandel zu treffen, die nicht sehr gesund waren …

So begann die gefährliche Reise, auf der ich meinen Wert davon abhängig machte, was andere über mich sagten.

Ich war zwar in einem christlichen Zuhause groß geworden, meine Eltern waren gläubig und hatten uns den Glauben vorgelebt und weitergegeben. Doch wie viele Kinder gläubiger Eltern wollte ich meinen eigenen Lebensstil finden und nicht blind nachahmen, was man mir beigebracht hatte. Ich wollte die Welt und ihre Möglichkeiten selbst entdecken.

Auf einer Party im Haus eines Musikproduzenten nahmen wir alle Alkohol und Drogen zu uns. Die Auswirkungen waren extrem: Ich verfiel in eine schwere Depression mit Panikattacken – was eine fantastische Gelegenheit war, um mein Leben neu zu überdenken. In dieser Zeit beschloss ich, nicht länger ein Namenschrist zu sein, sondern ein echter Nachfolger von Jesus Christus zu werden. Ich schrieb mich in einer Bibelschule in. Die Jahre an dieser Schule haben mich nachhaltig geprägt und waren sehr wichtig für meine Entscheidung, meine Musik dazu zu nutzen, christliche Werte und Überzeugungen zu vermitteln. Doch mir war noch immer nicht bewusst, dass meine Identität und mein Grundwert als Person in meiner Wahrnehmung gefährlich davon abhingen, ob die Leute mich aufgrund meiner Talente und musikalischen Fähigkeiten mochten. Ich suchte diese Form der Aufmerksamkeit bei jeder Gelegenheit.

Mit 21 nahm ich mein erstes eigenes Album auf. Es war eine aufregende Zeit und die Erfüllung eines Traums, der Jahre zuvor begonnen hatte. Die

Erfahrung, mit professionellen Musikern und Sängern in einem Tonstudio zu sein, um meine selbstgeschriebenen Lieder aufzunehmen, war berauschend und ließ mich daran glauben, dass ich ein anerkannter Sänger und Songschreiber werden könnte. Wenn ich Erfolg hatte und Anerkennung erfuhr, war ich voll auf der Höhe; bei Misserfolg dagegen stürzte ich völlig ab und fühlte mich nur noch als Versager. So ging es rauf und runter wie bei Luftturbulenzen im Flugzeug bei stürmischem Wetter.

Später lernte ich meine Frau Sherri kennen und lieben. Wir teilten die Liebe zur Musik, zu Gott und zu Europa. Wir hatten beide einen ähnlichen Hintergrund und wollten unser Leben dem Ziel widmen, unseren Glauben mit anderen zu teilen. Sherri unterstützte meine Musik von Anfang an und wollte mir bei der Arbeit, zu der ich mich von Gott berufen fühlte, zur Seite stehen. Kurz vor der Geburt unseres ersten Kindes Lindsey hatten wir die Entscheidung getroffen, nach Deutschland zu ziehen, um gemeinsam mit dem Janz Team die Botschaft von Jesus in Europa zu verbreiten. Es war eine Zeit wichtiger Veränderungen und Umwälzungen, doch wir waren voller Vorfreude darauf, dass der lang erwartete Dienst durch die Musik, zu dem wir uns berufen fühlten, mit unserer Ankunft in Deutschland beginnen würde.

Es war aufregend, sich endlich in einer Situation zu befinden, in der ich schreiben und meine Lieder aufnehmen und quer durch Deutschland reisen konnte, um Konzerte zu geben und meinen Glauben zu teilen. Es gab aber auch viele Momente des Frusts und der Wut – und das gleiche Muster trat wieder in Erscheinung: Wenn die Leute positiv über mich und meine Arbeit sprachen, fühlte ich mich großartig. Doch wenn das Gegenteil eintrat, wenn die Konzerte schlecht besucht waren, wenn das Publikum nicht von meiner Musik angesteckt wurde, dann wurde ich wütend und deprimiert. Das Muster, das so lange zuvor im neunten Schuljahr bei meinem Debüt als Musiker begonnen hatte, war seitdem tief in meiner Seele verwurzelt. Ich hasste das ständige Auf und Ab und fragte mich, ob ich je aus diesem Kreislauf herausfinden würde.

Drei Jahre nach unserem Umzug nach Deutschland begann für mich eine ganz dunkle Periode meines Lebens. Ich ging durch eine emotionale Krise, eine Depression, die mich in tiefere Abgründe führte, als ich je zuvor in meinem Leben durchgemacht hatte. Angst und Nervosität waren meine ständigen Begleiter, und ich fragte mich ernsthaft, ob es mir je wieder gut gehen würde. Während dieser Zeit wurde ich von einem langjährigen Freund und Mentor beraten und begleitet, der mich mit einer Reihe neuer Fragen konfrontierte: Was bestimmt meine Identität? Wo finde ich Annahme, Sicherheit und Bedeutung?

Um ehrlich zu sein: Ich hatte nie wirklich über diese Fragen nachgedacht, doch nun begann ich mich intensiv damit zu beschäftigen. Ich wusste, dass ich Annahme, Sicherheit und Bedeutung bei Gott finden wollte, aber ich wusste auch, dass es nicht wirklich der Fall war. Doch wenn ich diese Dinge – meine Identität – nicht bei Gott fand, wo dann? Wenn ich mich als Songschreiber und Sänger erfolgreich fühlte, hätte ich Bäume ausreißen können, doch wenn jemand schlecht über mich sprach oder mich als Versager einstufte, brach ich emotional völlig ein. Ich wollte ein guter Ehemann und Vater sein, doch oft hatte ich den Eindruck, in diesen Rollen zu versagen, und in solchen Phasen dauerte es lange, bis ich wieder Auftrieb bekam. Wo lag mein Problem?

Mein Problem – und das Problem vieler, vieler Menschen – bestand darin, dass ich meine Sicherheit und Bedeutung davon abhängig machte, was andere über mich sagten, und nicht davon, was Gott über mich sagt. Meine Identität hing davon ab, was ich über mich selbst glaubte und nicht davon, was Gott über mich denkt. Sie hing von meinem Erfolg oder Misserfolg ab und nicht von der Tatsache, dass Gott mich immer akzeptiert, unabhängig von meinen Leistungen. Das waren ganz neue Gedanken für mich. Nie zuvor hatte ich diese Wahrheiten so deutlich formuliert gehört!

Mein Mentor wies mich darauf hin, dass die Bibel jede Menge Hinweise auf unsere Identität als Gläubige enthält. Er zeigte mir, dass Gott mich sein Kind nennt, seinen Freund, und dass ich mit Gott und seinem Geist eins bin. Ich bin vollkommen in Christus. Es gibt keine Verurteilung mehr für mich. Ich kann nie mehr von der Liebe Gottes getrennt werden und darf darauf vertrauen, dass Gott das gute Werk, das er in mir begonnen hat, zu Ende führen wird. Ich bin in Gott neugeboren und das Böse kann mich nicht antasten.

Als ich begann, diese Wahrheiten zu glauben und zu verinnerlichen, fing ich an, mich selbst in einem anderen Licht zu sehen. Ich sah mich nicht mehr so, wie die anderen mich sahen, sondern so, wie Gott mich sieht. Was andere über mich sagten – ob Positives oder Negatives – und was ich über mich selbst dachte, verlor langsam an Bedeutung und ich begann mich mehr und mehr nach dem auszustrecken, was Gott über mich denkt.

Das war eine ausgesprochen wichtige Lektion für mich. Ich bin noch immer dabei, sie zu lernen, und wahrscheinlich wird dieser Lernprozess bis zu meinem Tod andauern. Aber es lohnt sich, meine Identität und meinen Wert darin zu finden, was Gott über mich sagt und denkt und nicht darin, was andere denken und sagen.

Die Bibel ist voll von Versen, die Gottes Gedanken über jeden Einzelnen und seine Liebe und Annahme verdeutlichen. Gott schenkt Annahme, Sicherheit und Bedeutung. Wer das alles außerhalb von Gott sucht, wird leer ausgehen; doch wer das bei Gott sucht, wird es ganz sicher finden.

Für Danny Plett ist es die größte Freude, der Ehemann von Sherri, Vater und Schwiegervater von Jason, Lindsey und Brandon zu sein und als Sohn zur Familie „Immanuels" (Gott mit uns) zu gehören.

Wunder im Doppelpack

Carolin: Ostermontage habe ich in den letzten Jahren immer beim jährlichen Lobpreiskonzert der Immanuel-Lobpreiswerkstatt in Ravensburg verbracht. Ostern feiern mit anderen Christen – immer ein Highlight für mich! So auch in diesem Jahr, 2012.

Tobias: *Gemeinsam mit meiner Tante, durch die ich auch zum Glauben gekommen bin, bin ich zum Lobpreiskonzert nach Ravensburg gefahren. Es ging mir zu dieser Zeit überhaupt nicht gut. Mein Leben dümpelte so dahin. Ich war zwar jeden Sonntag in der Kirche und wusste genau, wie ein gottgefälliges Leben aussieht, aber meines war Welten von Gottes Nähe entfernt, wie ich fand: Ich hatte eine Freundin, mit der ich zusammen war – nur zeitweise und nur körperlich, aber mit dem Herz und der Seele wollte ich etwas völlig anderes, mein Essverhalten war außer Kontrolle geraten, ich war ständig von emotionalem Hunger getrieben und ein Ausweg schien mir unerreichbar. Als wir in der Konzerthalle ankamen, war ich sehr traurig, frustriert und deprimiert. Wir gingen ganz nach vorne in die erste Reihe, weil dort der Fokus für mich klarer ist, als wenn ich weiter hinten sitze, wo mich Reize links, rechts und vor mir leicht ablenken.*

Carolin: Ich saß im mittleren Block am Rand. Kurz bevor das Konzert begann, lief ein junger Mann an mir vorbei – und der gefiel mir. Dies hat in mir eine bekannte Gedankenspirale ausgelöst: *Wann treffe ich endlich den Mann fürs Leben? Ich will nicht mehr allein sein. Wie lange muss ich das noch aushalten?* Und die Sehnsucht nach meinem Ehemann war wieder geweckt …

Tobias: *Das Konzert begann und bei der Liedzeile „Ich hab nur einen Wunsch: bei dir zu sein …" musste ich weinen. In meinem Herzen wollte ich auch gern bei Gott sein, nur wie sollte ich bei so einem Lebenswandel da hinkommen? Wie kann Gott so was wie mich nur mögen? Oder gar in seinem Hause wohnen lassen? An genau der Stelle, von Tränen und Schmerz umgetrieben, habe ich Gott mein ganzes verkorkstes Leben hingeworfen und um Hilfe geschrien: „Herr, du siehst die Katastrophe, du siehst, was alles in meinem Leben schiefläuft, wie verfahren alles ist. Ich hab keine Ahnung, wie ich aus diesem Schlamassel wieder rauskommen oder mein Leben wieder auf die Spur bringen soll, zu dir, in deinen liebenden Arm. Ich kann es nicht. Ich bringe dir meine Bereitschaft zur Umkehr. Keine Ahnung wie. Du bist Gott."*

Carolin: Inzwischen hatte das Konzert begonnen und ich hing meinen Gedanken nach. Da drang eine Liedzeile an mein Ohr: „Jesus, ich hab nur einen Wunsch: bei dir zu sein!" Stimmte das wirklich? Gab es da nicht so viele andere Wünsche in mir – vor allem den nach einem Ehemann? In meiner Gedankenflut kam ich dann an den Punkt, an dem ich erkannte: Ich habe jetzt die Wahl! Entweder bleibe ich weiter in meinen menschlichen Gedanken und Fragen hängen, auf die ich hier heute Abend ohnehin keine Antwort bekomme, oder ich entscheide mich für Lobpreis und Anbetung. Denn das war ja der eigentliche Grund gewesen, warum ich hier in diese Halle zum Konzert gekommen war – die Auferstehung Jesu zu feiern …

Tobias: *In meinem Herzen spürte ich ganz klar, dass ich nicht den langen Weg hierher gefahren war, um mein Leben zu betrauern, sondern um Jesu Auferstehung zu feiern, um Gott groß zu machen und sein Geschenk für uns Menschen und für mich anzunehmen. Mit dieser Klarheit ging ich dann im Lobpreis mit und spürte innerlich Erleichterung.*

Carolin: Also entschied ich mich in diesem Moment bewusst für Gott, sagte ihm, dass ich mein Herz jetzt ganz auf ihn ausrichte und gab innerlich den Mann ab, der meine Gedanken so durcheinander gebracht hatte. Der saß mittlerweile übrigens ganz vorn in der ersten Reihe und war immer noch in meinem Blickfeld. Ich schloss meine Augen und richtete mich innerlich auf Gott und seine Gegenwart aus. Kaum hatte ich diese Entscheidung getroffen, hatte ich den Eindruck, dass Gott in mein Herz sprach: „Folgende Worte sind für den jungen Mann, den du vorher im Blick hattest. Schreib sie auf und teil sie ihm mit.“

Verwirrung! Erstaunen! Ist das wirklich gerade passiert? Oder habe ich mich verhört oder es mir eingebildet? Ich sagte zu Gott: „Wenn das wirklich dein Reden war, dann bestätige das bitte und gib mir die Gewissheit darüber." Er hatte mir schon früher als Bestätigung dafür, dass das, was ich als innere Stimme gehört hatte, wirklich sein Reden war, ein Herzklopfen bis zum Hals und ein inneres Drängen geschenkt, die Worte weiterzugeben. So wie es auch in Johannes 10,27 steht: „Meine Schafe erkennen meine Stimme …" So war es auch an diesem Abend.

Tobias: *Bei jedem Lobpreiskonzert gibt es zwischendrin einen geistlichen Impuls. Das Thema diesmal: Geheimnisse und Heimlichkeiten vor Gott. Da wurde mir wieder ganz schlecht, als ich an die vielen Porno-DVDs dachte, die ich überall in meiner Wohnung versteckt hatte, an die Unmengen von Horrorfilmen auf meinem PC, die ganze destruktive Musik, an die Poster und Bilder an den Wänden … Ja, Geheimnisse hatte ich genug, dunkle Orte auch. Und wo war Gott? Es schien unmöglich, ihn in mein Leben zu integrieren.*

Gott hat uns beide „reifen" lassen und zum richtigen Zeitpunkt zusammengebracht.

Carolin: Als es im Konzert die Möglichkeit gab, nach vorn zum Kreuz zu kommen, um einfach vor Jesus zu sein oder auch für sich beten zu lassen, fasste ich mir ein Herz: Ich ging nach vorne in die erste Reihe, setzte mich neben den jungen

Mann und erzählte ihm von Gottes Reden zu mir für ihn. Die Botschaft von Gott überreichte ich ihm auf einem Zettel – mit meiner E-Mail-Adresse auf der Rückseite. Ich wollte, dass er die Möglichkeit hat, zum Gebetseindruck noch mal nachfragen zu können.

Tobias: *Nach dem Impuls gab es eine Passage mit sehr ruhiger Musik und einer Einladung, nach vorn ans Kreuz auf der Bühne zu kommen. Da setzte sich eine junge blonde Frau neben mich auf den freien Platz und sagte mir: „Ich habe den Eindruck, dass Gott mir eine Nachricht für dich gegeben hat. Möchtest du sie hören?"*

Klar wollte ich. Ich hatte mein Leben vor Gott hingeworfen und wollte wissen, wie ich weitermachen sollte. Hatte Gott mich vielleicht schon erhört? Gab es einen Ausweg für mich? Sie gab mir einen kleinen Zettel, auf dem einige Zeilen standen, die wie ein Dartpfeil in mein Herz trafen. Woher konnte diese Frau von meiner Misere wissen? Konnte sie nicht … Gott hatte geredet! Gott hatte mich gehört, er hatte mich nicht abgeschrieben. Ich war kein hoffnungsloser Fall! Das hier war der Beweis: Gott hatte sie gebraucht, um mir den Impuls schlechthin mitzuteilen. WOW! Was für ein Gott. Ich sagte ihr, dass das Aufgeschriebene zutreffen würde und ihre Botschaft von Gott voll in mein Herz traf. Wir beteten noch gemeinsam und dann verschwand sie im Getümmel.

Carolin: Zurück auf meinem Platz erlebte ich das Konzert weiter mit und freute mich über Gottes Wirken in meinem Leben. An diesem Abend habe ich den jungen Mann nicht noch einmal gesehen. Für mich war die Sache abgeschlossen. Und ich hatte eigentlich auch nicht mit einer Reaktion von seiner Seite aus gerechnet. Doch es kam anders.

Tobias: *Wie paralysiert hielt ich den Zettel in der Hand, ein Wort von Gott persönlich, für mich. Am Tag darauf war ich in einer Kirche und habe gebetet. Ich wusste, dass zu Hause sehr viel Arbeit auf mich wartete. Ich musste aufräumen, mein Leben bereinigen, Dinge in Ordnung bringen, auch wenn es wehtat. Im Gebet hatte ich meine persönliche „To-do-Liste" bekommen, die es nun abzuarbeiten galt. Plötzlich war klar: Es war nicht mehr hoffnungslos.*

Daraufhin schrieb ich Carolin eine Mail, weil ich sie wissen lassen wollte, was diese Botschaft für mich bedeutet hat und dass Gott sie für meine Wende in meinem Leben gebraucht hat.

Carolin: Tobias schrieb mir am nächsten Tag. Wir haben uns einige Mails lang über unseren geistlichen Weg ausgetauscht …

Tobias: *Zu Hause habe ich angefangen, mein Leben aufzuräumen: Ich habe alle Horrorfilme, Pornos und CDs mit destruktiver Musik geschreddert, meinen PC bereinigt, die Poster von den Wänden gerissen und mit meiner Freundin Schluss gemacht. Gott hat mich mit einer enormen Klarheit gesegnet, einen Punkt nach dem anderen abzuarbeiten. Puh, das tat gut. Das Atmen fiel mir deutlich leichter und nach der Woche Aufräumarbeiten hatte ich innerlich das Gefühl: „Es ist vollbracht."*

Carolin: Und nach einer Woche haben wir das erste Mal telefoniert. Dann ein zweites Mal und noch einmal … Wir durften spüren, dass daraus für uns beide mehr werden könnte. Die ersten Treffen folgten, wir kamen zusammen und waren von Beginn an sehr glücklich miteinander. Sehr schnell haben wir beschlossen, dass wir für immer zusammengehören möchten und fingen an, unsere kirchliche Hochzeit zu planen. Und die fand dann auch bereits ein Jahr nach unserer himmlischen Begegnung statt!

* * *

In der Zeit, in der ich Tobias näher kennenlernte, habe ich aus einem alten Tagebuch einen Brief herausgeholt, den ich sechs Jahre zuvor an Gott geschrieben hatte. Darin hatte ich ihm erzählt, wie ich mir den Mann für mein Leben vorstellte – alle Wünsche, die ich zu seinen Charaktereigenschaften, Fähigkeiten und seinem Aussehen auf dem Herzen hatte … Und ich stellte fest: 95 Prozent von dem, was ich aufgeschrieben hatte, traf auf Tobias zu!

Was für ein Geschenk! In dem Monat, in dem wir uns zum ersten Mal begegnet waren, war mir ein Motiv eines kleinen Kalenders aufgefallen: Eine gezeichnete Figur pflückte einen reifen Apfel vom Baum, über dem stand: *Warten lohnt sich.* Hätte sie den Apfel zu früh gepflückt, wäre er kein Genuss gewesen …

So wie ich vielleicht. Denn bis zu diesem Zeitpunkt war ich Single gewesen, 34 Jahre alt, und es gab oft Zeiten, in denen ich vor lauter Sehnsucht nach einem Mann fast verzweifelt wäre, auch wenn ich nicht um jeden Preis eine Beziehung wollte.

Ich habe viele Jahre damit verbracht, mit Gott an den wunden Punkten meiner Lebensgeschichte zu arbeiten, damit er in mir die Voraussetzungen schaffen konnte, um beziehungsfähig und „genießbar" zu werden. Meine Einstellung zu mir hat sich in diesen Jahren gewandelt von: Wer-wird-sich-meiner-erbarmen?, zu: Ich-möchte-jemandem-zum-Geschenk-werden. Dieses Wissen um meinen Wert, den Gott mir gegeben hat, hat mich in den folgenden Jahren davor bewahrt, einfach irgendeine Beziehung einzugehen, nur um sagen zu können: „Ich habe auch einen Freund." Es hat zwar schon sehr geschmerzt, Menschen zu begegnen, die mir sagten: „Du hast ja immer noch keinen Freund. Jetzt such dir halt mal einen." Denn es ist eben nicht wie eine Hose kaufen, nach dem Motto: Irgendeine wird mir schon passen. Nein, Partnerschaft war für mich immer etwas Wertvolles und ich wollte mich nicht einfach so hergeben …

Gott hat uns beide „reifen" lassen und zum richtigen Zeitpunkt zusammengebracht. So ist Tobias für mich zum Geschenk geworden – mein Geschenk des Himmels. Und ich habe ihn beschenkt – er hat den Jackpot gewonnen, wie er sagen würde! Und ich hatte eigentlich nicht mehr erwartet, dass Gott mir auf so geniale Weise einen Ehemann schenken würde. Sozusagen ein Wunder im Doppelpack.

„Vertrau dich dem Herrn an und sorge dich nicht um deine Zukunft! Überlass sie Gott, er wird es richtig machen", steht in Psalm 37,5. Was sollen wir noch sagen? Darauf vertrauen und zu warten lohnt sich!

Carolin und Tobias Koch wohnen in Baden-Württemberg und feiern Gott, der diese geniale Begegnung ermöglicht hat, bei jedem Lobpreiskonzert der Immanuel-Lobpreiswerkstatt seitdem zusammen.

Lebe deinen Traum

„Was willst du mal werden, wenn du groß bist?", fragte meine Großtante oft. Als Kind sagte ich immer: „Sängerin oder Malerin." Sie lächelte dann, tätschelte mir den Kopf und dachte vielleicht: *Ja, ja die lieben Kinderträume … Sie werden sich mit der Zeit in Luft auflösen.*

Aber Singen gehörte für mich schon als Kind zum Leben dazu. Ich liebte den Klang der Töne. Ich liebte es, selbst zu singen, aber auch zuzuhören, wenn Musik gemacht wurde.

Als ich elf Jahre alt war, hörte ich bei einem Konzert das erste Mal bewusst den Klang einer Querflöte und saß wie verzaubert neben meinem Vater. Solche Musik wollte ich auch machen. Musik, die verzaubert und einen in den Bann zieht. Für mich stand fest: Ich lerne Querflöte!

Meine Eltern fanden die Idee toll, erklärten mir aber auch ganz lieb und vorsichtig, dass ich ja auch noch fünf Geschwister habe und sie nicht das Geld, um mir diesen Wunsch zu erfüllen. Ich verstand, was sie meinten. Schließlich kostete eine gute Querflöte damals 1 200 D-Mark. Mir war schnell klar, dass meine Eltern das nicht bezahlen konnten, aber meinen Traum gab ich nicht auf. Als sie merkten, wie ernst mir mein Wunsch war, ermutigten sie mich, für eine Querflöte zu sparen. Sie waren bereit, mir ein Drittel des Betrages dazuzugeben, wenn ich es schaffen würde, den Rest zusammenzusparen. Ich fing an zu beten und bat Gott immer wieder, es möglich zu machen, dass ich Unterricht und eine Querflöte bekam. Ich sparte fast jeden Pfennig meines Taschengeldes. Zu Geburtstagen und Weihnachtsfesten wünschte ich mir Geld. Manchmal war das ganz schön hart.

Meine Freundin hatte ein Klavier für sich allein und bekam Klavierunterricht. Eine andere Freundin spielte sogar schon Querflöte. Nur ich musste warten – und manchmal fragte ich mich, warum Gott sich denn bloß so lange Zeit ließ und mir nicht einfach direkt ein Wunder schenkte. Meine Eltern machten mir immer wieder Mut, weiter zu sparen und nicht aufzugeben.

Zwei Jahre später mussten wir umziehen, weil mein Vater als Pastor eine Stelle in einer neuen Kirchengemeinde antrat. Ich hatte Angst. Viele Fragen gingen mir durch den Kopf: Wie wird das wohl werden mit dem Schulwechsel? Würden die neuen Klassenkameraden mich mögen – und was, wenn nicht? Ich war nicht gerade selbstbewusst, sondern eher schüchtern. Womit ich aber nicht rechnete, war, dass es eine Musikschule vor Ort gab, die ihre Preise nach dem Einkommen der Eltern und der Anzahl ihrer Kinder richtete. Bei einer achtköpfigen Familie, wie es bei uns der

Fall war, bedeutete das: Meine Geschwister und ich durften kostenlos ein Instrument unserer Wahl lernen!

Ich konnte mein Glück nicht fassen. Für mich war klar, dass Gott mir da gerade ein Riesengeschenk gemacht hatte. Er sah meine Angst wegen des Umzuges und all des Neuen und machte mir Mut durch dieses Wunder. Er ließ mich dadurch wissen, dass der Umzug auch sein Gutes hatte. Es war, als hätte er gesagt: „Hier kannst du endlich beginnen, einen Teil deines Traums zu leben."

Für mich war klar, dass Gott mir da gerade ein Riesengeschenk gemacht hatte.

Das Geld für meine Querflöte hatte ich längst noch nicht zusammen, aber ich konnte mir bei der Musikschule eine Querflöte leihen, und das tat ich auch. Endlich hielt ich diese ausgeliehene Querflöte in der Hand. Ich schaute sie mir immer und immer wieder an und begann endlich mit dem Unterricht. Ich übte und übte und schon wenig später durfte ich in einem Musikteam unserer Kirchengemeinde einfache Melodien mitspielen. Trotzdem war ich zwischendurch immer wieder frustriert, dass das Sparen so lange dauerte. Eine Mutter fragte mich, ob ich Lust hätte, einmal wöchentlich auf ihre Kinder aufzupassen. Dieses Angebot nahm ich natürlich an und so verdiente ich mir ein wenig dazu, was die Sparerei dann etwas beschleunigte.

Mittlerweile war ich schon 14 Jahre alt, aber mir fehlten immer noch 300 D-Mark, obwohl ich schon seit drei Jahren konsequent gespart hatte. „Gott, du siehst, wie sehr ich mir meine eigene Querflöte wünsche, bitte hilf mir, das letzte Geld auch noch zusammenzusparen“, betete ich.

Ein paar Wochen später erhielt ich einen Brief mit einem kleinen Notizzettel drin, auf dem stand: „Hier sind 300 D-Mark, kauf dir deine Querflöte.“

Die Schrift verschwamm vor meinen Augen. Unter Tränen konnte ich immer nur wieder auf den Zettel und das Geld starren. Ich dachte, ich träume! Gott muss unendlich groß sein, wenn er sich tatsächlich für meine Wünsche interessiert und mir dann auch noch ganz praktisch hilft, meinen Wunsch zu erfüllen …

Ich lief zu meinen Eltern und zeigte ihnen dieses Wunder. Wenig später standen wir im Musikladen und ich kaufte mir meine eigene Querflöte. Immer wieder dankte ich Gott dafür und fühlte mich unglaublich geliebt. Gott wollte wohl, dass ich Ausdauer zeige und nicht direkt aufgebe. Er ermutigte mich immer wieder mit kleinen Unterstützungen und zu seinem Zeitpunkt schenkte er mir den Rest. Ich glaube, er wollte von mir sehen, ob ich bereit bin, für meinen Wunsch auch selbst etwas zu investieren, nämlich mein Erspartes und Ausdauer.

Gott legt Träume in Menschen hinein. Mein Traum war schon als Kind, Sängerin zu werden. Querflöte zu lernen war für mich ein wichtiger Schritt in diese Richtung. Denn ich durfte in Lobpreisteams mitspielen, lernte durch das Querflötenspielen Noten lesen und auch eine gute Atemtechnik, die mir beim Singen half. Und schließlich wurde ich dann auch irgendwann gefragt, ob ich mal mitsingen möchte. Heute bin ich Sängerin und Songwriterin – und wenn ich meine Querflöte sehe oder in die Hand nehme und spiele, erinnere ich mich daran, wie groß Gott ist, und dass das alles Teil seines größeren Plans für mein Leben war.

Meline Pacek ist verheiratet und hat zwei Kinder. Sie ist Musikevangelistin beim Missionswerk NEUES LEBEN, Singer/Songwriterin und Lobpreisleiterin bei regionalen und überregionalen Events.

MIX
Papier aus verantwortungsvollen Quellen
FSC® C014496

Verlagsgruppe Random House FSC® N001967
Das für dieses Buch verwendete FSC®-zertifizierte Papier
Enso Classic 95 liefert Stora Enso, Finnland.

1. Auflage 2015
Bestell-Nr. 817038
ISBN 978-3-86591-038-2

Umschlaggestaltung: Björn Steffens
Umschlagfoto: Shutterstock
Lektorat: Annette Penno
Satz: Greiner & Reichel, Köln
Druck und Verarbeitung: GGP Media GmbH, Pößneck
Printed in Germany